MEURTRE DANS LA CITY

Du même auteur,
dans la même collection

LES DOSSIERS DE SCOTLAND YARD

Déjà parus :

Meurtre au British Museum
Le Secret des MacGordon
Crime à Lindenbourne
L'Assassin de la Tour de Londres
Les Trois Crimes de Noël
Meurtre à Cambridge
Meurtre chez les druides
Meurtre à quatre mains
Le Mystère de Kensington
Qui a tué Sir Charles ?
Meurtres au Touquet
Le Retour de Jack l'Éventreur
Higgins mène l'enquête
Meurtre chez un éditeur
Meurtre dans le Vieux-Nice
Quatre femmes pour un meurtre
Le Secret de la chambre noire
Meurtre sur invitation
Noces mortelles à Aix-en-Provence
Les Disparus du loch Ness
L'Assassinat du roi Arthur
Crime au festival de Cannes
Balle mortelle à Wimbledon
L'Horloger de Buckingham
Qui a tué l'astrologue ?
La Jeune Fille et la Mort
La Malédiction du templier
Crime printanier
Timbre mortel
Higgins contre Scotland Yard

J.B. LIVINGSTONE

MEURTRE DANS LA CITY

Dossiers de Scotland Yard

ÉDITIONS DU ROCHER
Jean-Paul Bertrand
Éditeur

ISBN : 2 268 01849 0

La lumière du méchant doit s'éteindre,
Sa flamme ardente disparaître...
Il trébuche dans ses propres complots,
Car sa démarche le conduit vers un piège.

Livre de Job, 5-8.

CHAPITRE PREMIER

Lord David Watercombe, gouverneur de la Banque d'Angleterre, entra dans son bureau à seize heures. Un instant, le décor qu'il connaissait si bien le rassura : tapis d'Afghanistan du XVIIe siècle, bibliothèques en bois des îles, boiseries luisantes époussetées chaque matin, bureau en chêne massif. Ici, depuis quarante ans, il avait participé à la politique économique de l'Angleterre et contribué à la richesse du royaume, sans jamais déroger aux stricts principes de moralité que lui avait enseignés son père, banquier lui aussi.

La dynastie des Watercombe, depuis l'origine de la City, se vantait d'engendrer des financiers honnêtes dont l'espèce était en voie de disparition, sans que personne ne tirât la sonnette d'alarme.

À soixante-neuf ans, malgré l'insistance du gouvernement et de son ami Watson B. Petticott, la tête pensante de la Banque d'Angleterre, Lord David Watercombe avait décidé de prendre une retraite bien méritée et de se retirer dans son château familial afin d'y vivre le reste de son âge avec ses chiens, ses livres et ses souvenirs.

Avant de regagner son bureau, l'aristocrate s'était longuement arrêté devant le Guild Hall, puissant et magnifique monument faisant songer à une église gothique ; siège de la municipalité de la City, il symbolisait son orgueil et sa volonté d'indépendance. Malgré les blessures infligées par le grand incendie de 1666 et les bombardements de la Seconde Guerre mondiale, le Guild Hall proclamait la victoire de la tradition sur le modernisme, ce modernisme agressif qui défigurait année après année le centre vital de Londres.

Une fois par semaine, Lord David Watercombe se perdait dans le dédale des rues de la City, peuplée de coins et de recoins ; quartier sans cesse refaçonné, il avait conservé l'aspect compliqué et tortueux de la ville médiévale. Partout régnaient la nervosité, le désordre et le bruit ; dans ce *Square Mile,* « le mile carré » originel de la capitale du pays, était née l'ambition de faire de l'Angleterre le cœur d'un empire où le soleil ne se coucherait jamais.

Le gouverneur de la Banque d'Angleterre n'avait été que l'un des maillons de la longue chaîne de fidèles serviteurs de l'État ; sa longue et tranquille carrière aurait dû se terminer de manière sereine, lors d'une cérémonie à la fois discrète et solennelle.

Mais le destin en avait décidé autrement.

Au lieu de se contenter de cette fin écrite à l'avance, Lord David Watercombe se battrait avec la combativité d'un jeune homme, parce que l'honneur de la City, donc de l'Angleterre, était en jeu.

Par l'une des fenêtres de son bureau, il contempla ce quartier à nul autre pareil et songea à la glorieuse année 1566 au cours de laquelle la reine Élisabeth Ire avait fondé le Royal Exchange, la première bourse anglaise conçue et bâtie par l'illustre Sir Thomas Gresham, négociant en draps et véritable organisateur d'un marché d'affaires international qui avait vu la suprématie du commerce anglais. Réduit en cendres par le Grand Incendie de 1666, reconstruit avec une cour à arcades et de déplorables enjolivures baroques, le Royal Exchange avait de nouveau brûlé en 1841, mais avait été rebâti en version victorienne. D'origine, ne subsistait qu'un pavement inaltérable et indestructible.

Bien des aigrefins et des voleurs avaient tenté de profiter du système financier britannique ; des hommes comme Lord David Watercombe leur avaient brisé les reins, et il s'inspirerait de leur exemple afin d'étouffer dans l'œuf le scandale qui risquait de ruiner la City et de souiller à jamais le blason de la finance britannique.

Les informations qui lui avaient été communiquées ne laissaient subsister aucun doute : la banque Ryadis-Aoussidant avait piétiné toutes les règles déontologiques de la profession et commis des délits d'une incroyable gravité.

Au début de l'enquête de routine, Lord David Watercombe avait cru à une erreur ; puis les indices, et les preuves s'étaient accumulés. L'ampleur des malversations aurait dû provoquer une réaction immédiate du gouverneur ; mais il avait dû surmonter un authentique état de choc avant de passer à l'action, car des personnalités, jusque-là recommandables, étaient impliquées dans cette monstrueuse affaire. Parmi elles, des amis et des relations.

Ils avaient trahi sa confiance et profité de leur fonction pour devenir des bandits de grand chemin. Lord David Watercombe ferait fermer la banque Ryadis-Aoussidant et envoyer en prison tous les participants au complot.

Étrange fin de carrière, en vérité ; Lord David Watercombe n'avait jamais pensé jouer le rôle d'un justicier et s'attaquer à des gens, en apparence honorables, qu'il considérait comme des criminels. Une ultime croisade, avant d'oublier les soucis professionnels, mais une croisade impérieuse, qu'il était seul à pouvoir mener.

Une chemise orange contenant cinq feuillets tapés à la machine et comportant des noms, des chiffres et des dates : tel se présentait le dossier de la banque Ryadis-Aoussidant.

Dans dix minutes, il décrocherait l'un des téléphones de son bureau, celui de couleur rouge, et lancerait l'hallali ; auparavant, il sacrifierait à son rituel quotidien.

L'aristocrate appuya sur une sonnette à pied.

Trente secondes plus tard, sa secrétaire particulière, Drusilla Beargarden lui apporta son *Five o'clock tea*, le thé de dix-sept heures précises, qui devait impérativement être servi entre quinze heures trente et seize heures trente. La fidèle employée, à la soixantaine alerte et à l'impeccable tailleur gris, avait réchauffé la théière avant de prévoir une cuillerée de thé pour le lord et une seconde pour la théière elle-même ; chaude, mais non bouillante, l'eau fraîchement tirée serait versée sur le Darjeeling qui infuserait trois minutes et quarante-deux secondes.

– Avez-vous encore besoin de moi, Lord David ?

– Vous pouvez partir, Drusilla ; à demain.

Chaque jeudi, la secrétaire particulière du gouverneur quittait son bureau à seize heures, après le thé. Elle salua son patron et s'éclipsa.

Lord David Watercombe utilisa la pince à sucre pour en déposer un dans sa tasse. D'ordinaire, ce geste équivalait à un moment de détente ; cette fois, il lui servit à se concentrer. Comment des êtres avaient-ils pu être aussi avides, tellement fascinés par l'argent qu'ils en avaient perdu toute dignité ?

Le gouverneur but lentement son thé, excellent comme d'habitude ; Drusilla Beargarden était irremplaçable. Dans les jours à venir, malgré le caractère dramatique de la situation, elle lui serait d'une aide précieuse.

Une fatigue soudaine et pesante s'empara de lui.

D'une main lasse, il feuilleta une nouvelle fois le terrible dossier ; sa vue se brouilla, il se frotta les yeux.

Une violente douleur lui enserra le cœur.

Lord David Watercombe tenta de se lever. En vain. Il tenta d'appeler, aucun son ne sortit de sa bouche. Au prix d'un effort surhumain, sa main gauche se crispa sur le combiné téléphonique, mais les doigts de sa main droite furent incapables de composer un numéro.

Autour de lui, le mobilier bougeait et se dissolvait dans un brouillard ; il crut apercevoir une silhouette qui traversait la pièce et se dirigeait vers son bureau.

– Au... au secours !

La silhouette s'immobilisa.

Épuisé par cet ultime effort, Lord David Watercombe ne put retenir sa tête, trop lourde, qui bascula sur le téléphone.

L'assassin patienta quelques instants.

Quand il fut certain que le gouverneur de la Banque d'Angleterre était bien mort, il s'empara du dossier concernant la banque Ryadis-Aoussidant.

À pas feutrés, il sortit du bureau et repartit par où il était venu, un escalier de service menant au parking de l'immeuble d'où il sortirait sans être remarqué.

Puis l'assassin brûla un à un les feuillets du dossier dont les cendres se dispersèrent au-dessus de la Tamise.

CHAPITRE II

L'ex-inspecteur-chef Higgins, qui avait pris une retraite anticipée afin de s'occuper de sa pelouse, de relire les bons auteurs et de se promener en forêt, coulait des jours paisibles dans sa propriété familiale de The Slaughterers, petit village traditionnel du Gloucestershire. Des chênes centenaires, puissants et rassurants, environnaient sa demeure ancienne au toit d'ardoise, aux murs de pierre blanche, aux fenêtres XVIIIe siècle à petits carreaux rythmant deux étages disposés selon le Nombre d'Or et au porche soutenu par deux colonnes.

Considéré comme le meilleur « nez » de Scotland Yard, Higgins était plutôt trapu et de taille moyenne ; il avait les cheveux noirs, les tempes grisonnantes, une moustache poivre et sel, l'œil vif et parfois malicieux. Né sous le signe du chat, selon l'astrologie orientale, l'ex-inspecteur-chef, grâce à son allure débonnaire, inspirait confiance et attirait les confidences.

Appréciant des valeurs périmées comme la rectitude, le sens de la parole donnée ou l'amitié, Higgins, bien qu'il fût promis aux plus hautes destinées administratives, avait préféré quitter le Yard plutôt que de changer de ligne de conduite. Mais le Yard ne l'avait pas quitté, faisant parfois appel à lui pour mener des enquêtes très délicates, pendant lesquelles il gardait une totale indépendance.

Ce matin-là, protégé du froid et de l'humidité par un confortable trench-coat aux boutons de bois, Higgins franchit le minuscule pont enjambant la petite rivière Eye et s'enfonça dans la forêt toute proche, muni d'un paquet contenant un ragoût de carottes.

L'un de ses plus vieux amis était revenu.

Un sanglier solitaire, aux soies longues et foncées, au groin massif mais mobile, aux canines recourbées à l'extérieur de trente-cinq centimètres de long, avait laissé des empreintes nettes des quatre sabots que comportait chacun de ses pieds.

Lorsqu'ils s'étaient rencontrés, Higgins avait estimé, à vue d'œil, que l'animal mesurait au moins quatre-vingt-dix centimètres au garrot ; sans nul doute, il dépassait cent vingt kilos. Comme ses congénères, il appréciait les glands, les racines et même les serpents, mais avait un goût prononcé pour le ragoût de carottes que Higgins avait préparé lui-même, dans sa cuisine personnelle, à l'insu de sa gouvernante, Mary. Robuste, ignorant la maladie, elle avait traversé deux guerres mondiales et quantité de crises économiques sans perdre sa croyance en Dieu et en l'Angleterre.

Higgins connaissait les chemins empruntés par le solitaire, prudent mais casanier ; il s'immobilisa à l'un de ses points de passage favoris et patienta une bonne heure, jusqu'à ce que le sanglier acceptât de s'approcher du festin.

Dans ses yeux marron, une profonde gratitude.

Entre l'ex-inspecteur-chef et lui s'était établie une complicité de promeneurs solitaires ; ils partageaient quelques secrets et communiaient dans le respect et l'amour d'une forêt que le monde moderne avait oubliée. La pluie fine et régulière ne gênait ni l'homme ni l'animal ; au terme d'une conversation muette mais intense, le solitaire repartit vers sa tanière du moment et Higgins vers sa demeure ancestrale.

Sur le seuil, les poings sur les hanches, Mary.

– Qu'est-ce que vous êtes allé faire dans la forêt, à cette heure-là ? Vous pourriez attraper une pneumonie !

– Des obligations à remplir.

Mary haussa les épaules.

– De mon temps, les gens qui rôdaient dans les bois n'avaient pas bonne réputation.

Higgins consulta sa montre de gousset.

– Pardonnez-moi, mais c'est l'heure du petit déjeuner de Trafalgar.

– Il vous reste quand même un peu de sérieux, constata-t-elle en libérant le passage ; comme je craignais que vous fussiez en retard, je lui ai préparé du lapin en gibelotte.

Trafalgar, un superbe siamois aux magnifiques yeux bleus, dormait dans un fauteuil de famille, face au feu de bois. Higgins le réveilla doucement ; le siamois s'étira et, avec l'inimitable grâce féline, sortit de son nid douillet pour se diriger d'une patte très sûre vers le lapin en gibelotte qu'il trouva à son goût.

Le sanglier et le chat nourris, Higgins s'offrit une douche brûlante avant de revêtir ses habits de jardinier et de pénétrer dans sa roseraie. Depuis une semaine, il était inquiet ; au sortir de l'hiver, Nil Bleu, un rosier très rare que lui avait offert sa grande amie française de Pézenas, cité aux charmes cachés, présentait des signes de faiblesse. Refusant la chimie, l'ex-inspecteur-chef utilisait des bouillies végétales de sa composition qu'il répandait au pied du rosier rabattu avec soin ; de plus, il lui parlait soir et matin, afin d'éviter tout traumatisme, et lui lisait souvent l'admirable phrase qu'avait écrite son amie de Pézenas : « Et Nil Bleu étale l'azur de ses soieries aux pieds de Princesse d'Afrique, altière et juvénile, dans ses pourpres et ses cramoisis. »

Nil Bleu, Princesse d'Afrique... Que de souvenirs d'adolescence et de voyages lointains ! Mais Higgins devait se préoccuper du rosier et non de son passé.

Avec joie, il constata que sa thérapeutique avait été efficace ; Nil bleu était sur la voie de la guérison et saurait accueillir les forces naissantes du printemps pour illuminer la roseraie de sa beauté.

On approchait.

Comme Higgins avait des yeux dans le dos, il sut aussitôt que c'était Mary et qu'elle n'était pas porteuse d'une bonne nouvelle.

– Téléphone pour vous, urgent.

– Je suis occupé.

– Je crois que c'est l'un des membres de votre cercle archéologique.

Higgins ôta ses gants de jardin et suivit Mary dans son domaine réservé où elle avait installé des instruments barbares comme le téléphone et la radio. Adepte inconditionnelle du progrès, elle se passionnait pour les horribles faits divers rapportés dans les journaux à scandales.

Les amis de Higgins formaient un cercle sacré et très fermé, d'où étaient exclus le mensonge, l'hypocrisie et la trahison ; anciens de Cambridge, ils se réunissaient régulièrement autour d'un fameux repas et de vins de première qualité. Leur « couverture » archéologique leur permettait de poursuivre leurs recherches fort avant dans la nuit, sans éveiller les soupçons de Mary. Quand un des membres de la confrérie lançait un appel, il était aussitôt entendu.

– Higgins à l'appareil.

– Heureux de t'entendre, dit Watson B. Petticott d'une voix sombre.

Sosie de Sherlock Holmes, Watson B. Petticott était l'une des têtes pensantes de la Banque d'Angleterre ;

se passionnant pour les affaires criminelles, il avait souvent procuré des renseignements précieux à son ami Higgins.

– Tu sembles déprimé, Watson.

– On le serait à moins ; le gouverneur de la Banque d'Angleterre, Lord David Watercombe, vient de mourir.

– Un pilier de nos finances nationales, n'est-ce pas ?

– Certes, mais il y a plus grave. Beaucoup plus grave.

– Cette mort ne serait-elle pas naturelle ?

– C'est ma conviction, en effet.

– Possèdes-tu des indices sérieux ?

– Je le crois, mais il m'est impossible de t'en parler au téléphone ; accepterais-tu de venir jusqu'à mon bureau ?

– Bien entendu.

Higgins prépara une valise, se munit d'un tube d'*Influenzinum* pour lutter contre les miasmes de la capitale britannique, d'un flacon d'*Arnica Rhuta Rhustoxicodendron* qui soulagerait son arthrose du genou, de plusieurs crayons finement taillés et d'un carnet noir vierge.

– Combien de jours serez-vous absent ? demanda Mary qui examina d'un œil critique le Tielocken de l'ex-inspecteur-chef, seul imperméable digne de ce nom, son écharpe écossaise et sa casquette à carreaux.

– Je l'ignore.

– Heureusement, je suis là pour m'occuper de cette immense maison et de votre chat affamé !

– Heureusement, confirma Higgins.

CHAPITRE III

Au cœur de la City, dans Threadneedle Street, la Banque d'Angleterre, fondée en 1694, demeurait le symbole de la puissance financière de Sa Majesté. Plusieurs styles de colonnes animaient son architecture massive, où l'on notait des réminiscences appuyées du temple de la Sibylle à Tivoli et de l'arc de triomphe de Constantin.

Le bureau de Watson B. Petticott témoignait, lui aussi, de cette grandeur austère : meubles en bois des îles, grande lampe en bronze représentant un lion en marche qui soutenait le globe, fauteuils de cuir fauve. Relation obligée du Premier ministre et des hommes politiques les plus influents du royaume, Watson B. Petticott était une éminence grise aux pouvoirs incalculables.

– Désolé de t'importuner, Higgins, mais l'affaire est sérieuse.

L'ex-inspecteur-chef connaissait les qualités intellectuelles de son ami et ses capacités d'analyser une situation avec lucidité ; Watson B. Petticott n'était pas homme à s'alarmer sans raison.

– Lord David Watercombe était un homme exceptionnel, affirma le banquier ; il appartenait à une famille de financiers qui ne badinait pas avec la morale, aussi extraordinaire que cela paraisse. Ses conflits avec les politiciens sont célèbres ; il a toujours refusé de céder à la raison d'État et de « porter le chapeau », comme disent les Français. Il comptait prendre sa retraite dans quelques mois et se retirer sur ses terres.

– Marié ?

– Veuf et sans enfant ; sa seule passion fut son métier.

– Était-ce l'un de tes amis ?

– Lord David Watercombe n'avait d'autres amis que la loi et le code de déontologie de la haute finance.

– Comment est-il mort ?

– En prenant son service ce matin, sa secrétaire particulière, Mlle Drusilla Beargarden, l'a trouvé raide, la tête effondrée sur son bureau, la main crispée sur le téléphone. À côté, la tasse de thé qu'elle lui avait servie la veille avant de quitter la banque.

– Crise cardiaque ?

– D'après Mlle Beargarden, Lord David avait un cœur excellent et ne souffrait d'aucune maladie grave.

– Était-elle au courant de tout ?

– Elle travaillait avec lui depuis de nombreuses années.

– Pourquoi envisages-tu le crime, Watson ?

– Lors de notre dernière entrevue, Lord David m'a fait part de graves soucis à propos d'une banque d'affaires de la City.

– Un incident rare ?

– Très rare. À son niveau, de telles paroles impliquaient un possible scandale de grande ampleur.

– L'as-tu questionné ?

– En y mettant les formes, bien entendu.

– Que t'a-t-il appris ?

– Qu'il avait demandé à un inspecteur de la Banque

centrale d'étudier le dossier et qu'il m'avertirait dès qu'il serait en possession de preuves irréfutables.

– Connais-tu le nom de cet inspecteur ?

– Paul Kneller, un technicien expérimenté sans grande personnalité, mais réputé pour la rigueur de ses investigations.

– Le nom de la banque suspecte ?

– Il a refusé de me le donner.

– Depuis cette entrevue, plus aucune nouvelle de Lord David Watercombe ?

– J'ai appris sa mort ce matin et j'ai demandé à la police de la City de boucler son bureau sans toucher à rien.

– Autrement dit, il te faut une intervention rapide de Scotland Yard et la preuve du crime ; mais tu sais que les forces de police de la City sont très jalouses de leurs prérogatives.

– S'il y a bien eu meurtre, il s'agit d'une affaire d'État ! Es-tu décidé à te battre à mes côtés ?

– Est-il nécessaire de poser la question ?

– En ce cas, je t'impose comme enquêteur.

– Je suis à la retraite, Watson.

– Acceptes-tu d'être secondé par Scott Marlow ?

Higgins hocha affirmativement la tête.

Scott Marlow, superintendant de première classe, était un policier consciencieux et honnête pour lequel Higgins éprouvait une réelle estime.

Wastson B. Petticott joignit le ministère de l'Intérieur et le grand patron du Yard, le *Commissioner Chief Constable* ; en moins d'un quart d'heure la situation fut clarifiée. Higgins et Marlow étaient chargés d'enquêter sur le décès de Lord David Watercombe et d'établir s'il s'agissait d'une mort naturelle ou d'un crime.

*
**

Avant que les photographes et les experts de l'Identité judiciaire ne fissent leur travail, Higgins inspecta le vaste bureau où le gouverneur de la Banque d'Angleterre avait vécu ses derniers instants. Il prit des notes sur son carnet noir, dessina la position du corps et les objets présents sur le bureau du défunt.

Scott Marlow arriva trempé et bougon ; le front bas, le teint rougeaud, l'embonpoint un peu trop prononcé, il portait un costume trois pièces mal coupé, une cravate mal assortie, une chemise au col fatigué et un imperméable froissé.

– Heureux de vous revoir, Higgins ; une grosse affaire, on dirait ?

– Peut-être, superintendant.

Partisan de la police scientifique et persuadé que ses progrès finiraient par mettre fin au crime, Marlow admirait néanmoins Higgins et ses capacités d'investigation, bien qu'il accordât trop d'importance à l'intuition.

– Ce Lord était bien le gouverneur de la Banque d'Angleterre ?

– En effet.

– Qui avance l'hypothèse d'un crime ?

– Mon ami Petticott ; d'après lui, le gouverneur aurait été assassiné parce qu'il devait lui communiquer les résultats d'une enquête financière brûlante menée par un certain Paul Kneller.

– Devons-nous le convoquer ?

– Dès que nous aurons les conclusions de Babkocks.

Babkocks, le seul médecin-légiste en qui Higgins avait confiance, arriva à la Banque d'Angleterre sur une moto pétaradante provenant d'El-Alamein ; du pot d'échappement se dégageait une fumée noire qui environna des hommes d'affaires d'une dignité inaltérable.

Sosie de Winston Churchill, perpétuellement mal embouché, Babkocks avait dû abandonner un beau cadavre de quadragénaire étranglé et brûlé pour se rendre à la Banque d'Angleterre ; fumant un gros cigare et vêtu d'une veste d'aviateur en cuir de la Royal Air Force, dont les poches étaient bourrées de déchets de tabac exotique, le légiste avait éprouvé quelques difficultés à franchir le barrage établi par la police de la City.

– Salut, Higgins ; les guignols de l'Identité judiciaire ont fini ?

– Selon tes vœux, ils n'ont touché à rien.

Les méthodes de Babkocks n'étaient connues que de lui seul, mais sa rapidité et la justesse de son diagnostic étaient exceptionnelles. De plus, il mettait un point d'honneur à restituer ses clients dans le meilleur état possible.

– Bon, que tout le monde quitte ce bureau et qu'on me laisse tranquille.

Le légiste sortit un flacon de whisky de la poche arrière de son pantalon, en but une goulée et entra dans le bureau de Lord David Watercombe dont il claqua la porte derrière lui.

*
**

Babkocks réapparut une heure plus tard.

– Ça ne me plaît pas, dit-il, bougon et renfrogné.

– La crise cardiaque ne te satisfait pas ?

– Nous verrons ça ; fais livrer le cadavre et la tasse de thé à mon labo le plus tôt possible.

– Quand connaîtrons-nous tes conclusions ?

– Tout dépend de la difficulté du travail.

À peine Babkocks enfourchait-il sa moto historique que Drusilla Beargarden se précipitait sur Higgins.

– Je veux tout savoir, inspecteur ! Pourquoi toute cette agitation, pourquoi tant de policiers ?

– Lord David Watercombe était un personnage de premier plan, mademoiselle et...

– Scotland Yard enquêterait-il sur les crises cardiaques ?

– Disons que... certains doutes subsistent.

– Soyez plus clair, je vous en prie !

– Nous aimerions connaître les causes exactes de la mort du gouverneur.

– Ne peut-on le laisser en paix ?

– J'espère que nous nous trompons, mademoiselle, mais l'hypothèse d'un meurtre n'est pas encore exclue.

Drusilla Beargarden fut au bord de l'évanouissement.

– Un meurtre... Mais ça n'a aucun sens ! Lord David était un homme respectable et respecté... Personne n'aurait osé...

– Vous étiez très proche de lui, n'est-ce pas ?

Son menton se releva.

– Je n'ai pas eu d'autre patron, et c'est ma fierté !

– Vous paraissait-il préoccupé, ces derniers jours ?

– À la réflexion... oui... Quelque chose le tracassait, c'est certain.

– Vous aurait-il fait des confidences ?

– Oh, ce n'était pas son style ! Et nous n'étions pas du même monde.

– Parlez-nous d'hier soir, mademoiselle.

– Ce fut comme d'habitude, inspecteur ; je lui ai apporté son thé, un Darjeeling.

– À quelle heure ?

– Un peu avant seize heures ; puis j'ai quitté la banque.

– Sans croiser personne ?

– Personne.

– Travaillait-il sur un dossier ?

Drusilla Beargarden réfléchit.

– Sur son bureau, il y avait une chemise orange que je n'avais jamais vue.

– Épaisse ?

– Non, elle ne devait contenir que quelques feuillets.

– Rien d'autre ?

– Non, rien d'autre.

– Dès que nous aurons obtenu une certitude, mademoiselle, nous vous informerons.

– Merci, inspecteur.

Drusilla Beargarden s'éloigna.

Le superintendant Marlow arborait une mine sombre.

– Si je ne m'abuse, Higgins, ce dossier a disparu.

CHAPITRE IV

Rien ne pourrait être entrepris tant que Babkocks n'aurait pas délivré ses conclusions ; Marlow rentra au Yard pour régler des affaires courantes et Higgins se rendit au Connaught, le vieil hôtel de Carlos Place au charme désuet où une chambre l'attendait. Des employés aux cheveux blancs, froids et distants, remplissaient leur office avec la distinction un peu raide caractéristique des plus belles années de l'empire, que continuaient à célébrer dorures et stucs victoriens.

Après avoir dégusté une queue de bœuf garnie de haricots verts et un Stilton du chef accompagné d'un Volnay d'une bonne année, Higgins avait goûté la paix d'une vaste chambre où il relut *La Tempête* de Shakespeare en attendant l'appel de Babkocks auquel il avait communiqué son numéro de téléphone.

Celui-ci survint à deux heures douze.

– Higgins à l'appareil.

– Le gros lot, déclara la voix rugueuse de Babkocks, c'est bien un crime.

– Le thé ?

– Non, le sucre ; il en restait une parcelle dans la tasse et l'analyse m'a permis de détecter le même poison que celui découvert dans le sang de Lord David Watercombe.

– Une rareté ?

– Tu peux le dire ! Si je n'avais pas étudié moi-même la panoplie des poisons d'Amérique du Sud, j'aurais perdu un temps fou. Il s'agit d'un combiné végétal qui provoque la mort par arrêt du cœur en moins de deux minutes. Un produit plutôt difficile à trouver, ce qui devrait faciliter tes recherches.

– Peux-tu rédiger un rapport détaillé pour Marlow ?

Babkocks émit un grognement.

– J'ai horreur de la paperasse. Mais puisque c'est pour t'aider...

*
**

Higgins entra dans le bureau moderne de Scott Marlow à sept heures trente ; le superintendant buvait sa deuxième tasse de café, rendu plus énergétique par une légère addition de whisky écossais.

– Je vous souhaite le bonjour, superintendant, mais je vous apporte une mauvaise nouvelle : Lord David Watercombe a bien été assassiné ; vous recevrez bientôt le rapport de Babkocks.

– Cause de la mort ?

– Un poison sud-américain très difficile à se procurer.

– L'assassin devrait donc être facile à identifier.

– Ne crions pas victoire trop tôt.

– Si nous pouvons établir le lien entre un suspect et l'Amérique du Sud, ne tiendrons-nous pas un élément décisif ?

– Ce ne sera pas négligeable, en effet.

– En tout cas, nous connaissons le mobile du crime : ce dossier qu'étudiait le gouverneur et qui a disparu.

– À supposer qu'il ait existé.

– Mlle Beargarden aurait-elle menti ?

– Une hypothèse à ne pas exclure ; si elle a dit la vérité, quelqu'un s'est introduit dans le bureau du gouverneur après le départ de sa secrétaire et s'est emparé de la chemise orange dont il aura certainement détruit le contenu.

– Vision pessimiste.

– Peut-être Paul Kneller nous aidera-t-il à découvrir la vérité ; voici ses coordonnées, que m'a données Watson B. Petticott.

– Je le convoque sur le champ.

*
**

D'après les indications fournies par Petticott, Paul Kneller, séduisant célibataire, ancien d'Oxford, parlait huit langues et était promis à un bel avenir. Au téléphone, sa voix grave était envoûtante ; il avait pourtant éprouvé quelques difficultés à persuader Scott Marlow d'organiser leur rendez-vous, non au Yard, mais à Trafalgar Square.

Ce matin-là, il ne pleuvait pas sur la colonne Nelson, haute de quarante mètres et prolongée par la statue du plus célèbre marin anglais, Lord Nelson, qui ne mesurait pas moins de cinq mètres et pesait seize tonnes. Quatre lions de bronze gardaient le monument.

Âgé de quarante-sept ans, Paul Kneller était un

homme élégant qui faisait songer à l'acteur américain Cary Grant.

– Superintendant Marlow, je présume ?

– En effet ; voici mon collègue, l'inspecteur-chef Higgins.

– Enchanté.

– Pourquoi avoir refusé de venir au Yard, monsieur Kneller ?

– Vous jugerez peut-être ma prudence excessive, mais je redoute les oreilles indiscrètes et ne désire me montrer dans aucun local administratif.

– Vous estimez-vous en danger ?

– C'est probable.

– Pour quelle raison ?

– Lorsque j'ai appelé la secrétaire de Lord Watercombe, hier matin, afin de prendre rendez-vous, elle m'a annoncé en pleurant qu'il était décédé.

– Douteriez-vous d'une mort naturelle ?

– Le fait que vous m'ayez convoqué prouve que vous doutez vous-même ; puis-je savoir qui vous a donné mon nom ?

Paul Kneller était tendu, inquiet et sur la défensive.

– D'ordinaire, intervint Higgins, il nous revient de poser les questions ; mais je veux bien répondre à celle-là. C'est Watson B. Petticott qui nous a révélé votre existence.

Kneller parut soulagé.

– Un ami de Lord Watercombe… En ce cas, je peux vous faire confiance. Sachez, messieurs, que le défunt m'avait confié une mission particulièrement délicate et que seuls lui et moi étions au courant de tous les détails de mon enquête. C'est pourquoi sa brutale disparition me paraît suspecte ; s'il ne s'agit que d'un coup du sort, qui me donnera des directives ?

– C'est Scotland Yard qui reprend votre enquête, monsieur Kneller, car Lord David Watercombe a été assassiné.

Pendant une dizaine de secondes, Paul Kneller fut figé comme une statue. Puis ses jambes et ses mains tremblèrent, un peu de vie revint dans son regard et ses lèvres bredouillèrent quelques mots indistincts, avant que son langage redevînt compréhensible.

– Je n'osais le croire... Mais comment... Qui...

– « Comment » relève du secret de l'instruction, précisa Higgins ; « qui », nous le découvrirons.

– C'est affreux, terrifiant... Tout mon travail fut inutile.

– Pourquoi ce pessimisme ?

– Parce qu'il fallait la stature du gouverneur de la Banque d'Angleterre pour utiliser le dossier que je lui avais remis.

– Sous quelle forme ?

– Cinq feuillets dactylographiés dans une chemise orange.

Higgins ouvrit son carnet noir à la page consacrée à Drusilla Beargarden et biffa une ligne ; la secrétaire du Lord avait bien dit la vérité, du moins en ce qui concernait l'existence de ce dossier brûlant.

– Qu'aviez-vous découvert, monsieur Kneller ?

Les traits de l'inspecteur de la Banque centrale se contractèrent de nouveau.

– Comme je vous le disais, inspecteur, Lord Watercombe était mon unique interlocuteur et je...

– Comme je vous le disais, monsieur Kneller, il a été assassiné et nous reprenons la totalité de l'enquête. Je suppose que vous avez conservé un double du dossier ?

– Bien sûr que non, et je n'en avais pas envie, croyez-moi ! Il existe certaines vérités que l'on voudrait oublier.

– Néanmoins, vous n'avez pas encore tout oublié.

– Certes pas.

– Que comportait votre dossier, monsieur Kneller ?

– C'est si grave, inspecteur ; si terrifiant... Vous

rendez-vous compte que la réputation de la City pourrait être ternie pendant des années, le gouvernement de Sa Majesté renversé et l'honneur du royaume souillé ?

Ce fut au tour de Scott Marlow d'être ébranlé ; si Kneller disait vrai, Sa Majesté elle-même pourrait être atteinte. Or le superintendant considérait Elisabeth II comme la plus belle femme du monde et rêvait d'appartenir un jour au corps d'élite chargé de sa protection rapprochée. Il fallait à tout prix éviter le scandale, identifier l'assassin et briser la machine infernale.

– Marchons un peu, proposa Higgins.

Les trois hommes déambulèrent dans Trafalgar Square, au milieu des badauds, parmi lesquels des touristes français s'extasiaient devant la colonne Nelson. Grâce à l'enseignement reçu en Orient, Higgins savait que seuls des mouvements réguliers, dont la marche à pied faisait partie, pouvaient libérer certains centres énergétiques bloqués par l'émotion.

De fait, Paul Kneller respira un peu mieux, comme si la présence de la foule le rassurait.

– C'est effroyable, messieurs, réellement effroyable.

CHAPITRE V

Sous le regard sévère de l'amiral Nelson, l'immortel vainqueur de Trafalgar, Paul Kneller accepta de se confier aux hommes du Yard.

– Quand Lord Watercombe m'a confié une enquête sur l'une des banques de la City, j'ai éprouvé une grande fierté. N'était-ce pas l'occasion de lui prouver mes qualités et de franchir une étape importante ? Aux yeux de tous les professionnels de la finance, le gouverneur de la Banque d'Angleterre est à la fois un monument et un exemple.

– Que vous a-t-il dit, en vous confiant cette tâche ?

– Que je devais me montrer d'une prudence extrême et ne lui fournir que des informations précises et dûment vérifiées.

– Sur quelle banque vous avait-il chargé d'enquêter ?

Paul Kneller avala sa salive.

– La banque d'affaires Ryadis-Aoussidant.

Les trois hommes s'assirent sur un banc ; des pigeons s'envolèrent.

– Lord Watercombe avait eu des échos défavorables sur cette banque, mais la diffamation n'est pas rare dans les milieux de la finance ; une enquête préliminaire lui avait prouvé que les rumeurs ne semblaient pas infondées.

– De quoi cette banque était-elle accusée ?

– Du pire, inspecteur : trafic illégal de devises, transferts anormaux de capitaux, blanchiment d'argent d'origine très douteuse et quelques autres pratiques tout aussi condamnables. Or cette banque a bénéficié de l'appui, voire de la caution d'hommes politiques influents dont certains sont membres du gouvernement. Sans doute ont-ils été abusés.

– Avez-vous établi des responsabilités ?

– Oui, inspecteur, et j'ai également donné des chiffres à Lord Watercombe. Ils sont énormes ; le montant de la fraude atteint des sommes incroyables.

– Quels noms figuraient dans votre rapport ?

– Trois noms, inspecteur. Trois personnalités que je considère comme coupables.

– Nous vous écoutons, monsieur Kneller.

– En tête, le directeur de la banque, Oliver Gunnersbury. La cinquantaine, père pakistanais, mère anglaise, un parvenu parti de rien que l'argent fascine au point de le rendre imprudent. Il est marié, a deux enfants, mais sa vie de famille est réduite au minimum ; il n'a d'autre existence que son travail et l'accumulation constante de ses biens. Levé à cinq heures, il donne ses premiers rendez-vous à six heures, le samedi compris, déjeune en moins de cinq minutes, ne prend qu'une semaine de vacances par an qu'il annule la veille du départ. Oliver Gunnersbury est un spécialiste des obligations à haut risque et à haut rendement, et des placements les plus spéculatifs dont la rémunération est proportionnelle au degré de risque. Des placements tellement spéculatifs qu'ils ne respectent plus les règles imposées par les institutions financières. Gunnersbury clame partout son amour de la légalité, mais Lord Watercombe, en partant de mes indications, aurait pu démontrer qu'il se comportait comme un escroc et entraînait quantité de clients de la banque à la faillite.

– Oliver Gunnersbury ne peut donc que se réjouir de la disparition du gouverneur de la Banque d'Angleterre.

– Une aubaine, en effet.

– Croyez-vous que Scotland Yard sera moins indulgent ? s'insurgea Marlow.

– Non, mais il faudrait un spécialiste pour mettre en évidence ses malversations.

– Rassurez-vous, dit Higgins, Watson B. Petticott s'en chargera ; c'est d'ailleurs à lui que Lord David Watercombe souhaitait confier la phase finale de l'enquête avant d'intervenir de manière officielle.

– Vous avez raison de ne pas enterrer cette affaire ; les fondations de la banque Ryadis-Aoussidant sont si ruinées qu'elles menacent de faire s'effondrer la City. Si vous n'interveniez pas, le scandale finirait par éclater ; faire tomber Gunnersbury est une nécessité morale et économique.

– Watson B. Petticott traitera le problème financier ; nous, nous devons identifier un assassin.

– Si j'ose dire, Gunnersbury présenterait un excellent profil.

– Votre deuxième suspect ?

– Un personnage intouchable.

Scott Marlow redouta le pire ; si c'était vrai, Higgins ne renoncerait pas pour autant et risquait de provoquer un véritable cataclysme.

– Son nom ?

– Omar Ahmed, surnommé « l'émir » ; ses origines sont incertaines, on le dit âgé de soixante-cinq ans et à la tête d'une fortune colossale. C'est un financier international de grande envergure qui a jeté son dévolu sur l'Angleterre depuis quelques mois. D'après mes recherches, il est le véritable propriétaire de la banque Ryadis-Aoussidant ; inutile de vous dire qu'il trempe dans mille et une affaires plutôt douteuses auxquelles Gunnersbury n'est pas étranger.

– Ce dernier serait-il un homme de paille ?

– Quand vous le rencontrerez, vous serez vite convaincu du contraire.

– Donc, Omar Ahmed le manipule.

– D'une certaine manière, sans doute, mais je ne suis pas parvenu à comprendre la nature exacte de leurs liens. Leurs intérêts sont souvent convergents, mais il me semble qu'ils jouent chacun leur jeu.

– Pourquoi affirmez-vous qu'Omar Ahmed est intouchable ?

– Parce qu'il bénéficie de nombreuses amitiés politiques, chez les Conservateurs comme chez les Travaillistes. Il fut assez habile pour ne laisser aucune trace trop visible de ses largesses. Si vous tentez de l'importuner, des herses tomberont. Pourtant, je suis persuadé qu'il prépare un mauvais coup et que le réveil de ses partisans risque d'être douloureux.

– Voulez-vous dire qu'il est capable de gruger ses propres alliés ?

– D'après mes informations, c'est même sa spécialité. Après avoir éliminé ses ennemis, il se débarrasse d'amis trop confiants.

– Personne ne se méfie de lui ?

– Se méfie-t-on des politiciens qui vous promettent monts et merveilles et dont le mensonge est aussi apparent qu'une tache rouge sur une nappe blanche ? Oui, et pourtant les gens continuent à voter pour eux. Il en est de même dans le cas d'Omar Ahmed ; les personnalités qu'il fait tomber dans ses filets connaissent sa réputation, mais succombent à son charme et à son intelligence, ou croient réussir enfin à le vaincre sur son propre terrain. Bref, ne vous approchez pas de lui.

– Et s'il est l'assassin de Lord Watercombe ?

– Il aura pris les précautions nécessaires pour que

l'on ne remonte pas jusqu'à lui ; Omar Ahmed ne commet aucune faute susceptible de lui nuire.

– Ce sentiment d'impunité l'a peut-être entraîné à faire un faux pas, avança Higgins ; s'il est mêlé de près ou de loin au meurtre, il ne bénéficiera d'aucune indulgence.

– Sans vouloir vous offenser, inspecteur, je crains que votre détermination ne soit quelque peu illusoire. Omar Ahmed parviendra à juguler tous vos assauts.

– Nous verrons bien, monsieur Kneller ; au cours de votre enquête, n'avez-vous discerné aucun point faible dans les défenses d'Omar Ahmed ?

– Aucun ; sa forteresse est imprenable.

– Il est pourtant impliqué dans les malversations de la banque Ryadis-Aoussidant.

– Il fera retomber les responsabilités sur Oliver Gunnersbury et réussira à prouver qu'il a été abusé par le directeur de sa banque. Peut-être Lord Watercombe, avec son autorité, l'aurait-il déstabilisé ; sa mort brutale a dû le satisfaire pleinement.

De son écriture fine et rapide, Higgins prit des notes dans son carnet noir.

– Quel est votre troisième suspect, monsieur Kneller ?

– Le cadre d'une grande société de courtage en valeurs mobilières, Jane Richmond-Lambeth, une jeune femme de trente-huit ans, dont la banque Ryadis-Aoussidant semble être le client le plus important. Elle s'est engagée, d'après moi, dans de dangereuses spéculations en accord avec la direction de la banque ; avec beaucoup d'habileté et d'astuce, elle a utilisé tous les rouages financiers mis à sa disposition. Je la suis à la trace depuis trois mois et je la retrouve à tous les carrefours de mon enquête. Si Lord Watercombe était intervenu, Jane Richmond-Lambeth aurait été condamnée et emprisonnée.

– N'avez-vous pas l'intention de porter plainte contre elle ?

– Je n'en ai pas les moyens, inspecteur ; l'unique dossier existant était entre les mains de Lord Watercombe, et lui seul pouvait entreprendre une action décisive contre cette banque et les trois personnages que j'ai évoqués. À dire vrai, je n'ai plus aucun espoir ; mon enquête aura été tout à fait inutile. Grâce à la disparition du gouverneur de la Banque d'Angleterre, Omar Ahmed et ses complices échapperont à la justice.

Une violente averse s'abattit sur Trafalgar Square, dispersant les touristes.

– Je vous ai confié ce que je savais, messieurs ; puis-je disposer ?

– Ne quittez pas Londres, recommanda Scott Marlow ; nous aurons sans doute besoin de votre témoignage.

– Je suis à votre disposition.

Higgins regarda Paul Kneller s'éloigner.

– Qu'en pensez-vous, Higgins ?

– Trop tôt pour le dire, superintendant.

– J'ai le sentiment que ce Kneller a bien fait son travail.

– C'est probable.

– Que lui reprochez-vous ?

– De ne pas nous avoir tout dit, contrairement à ce qu'il prétend.

– Pour quelle raison ?

– La peur, peut-être.

– On peut le comprendre ; je n'aime guère cette affaire, Higgins. M'autorisez-vous à vous recommander la prudence ?

– La découverte de la vérité exige parfois quelques risques.

– N'oubliez pas que le gouverneur de la Banque d'Angleterre a été assassiné.

– Rendons visite au directeur de la banque Ryadis-Aoussidant, voulez-vous ?

CHAPITRE VI

La banque suspecte se nichait au fond d'une ruelle de la City, dans un vieil immeuble restauré de manière trop voyante ; on voulait afficher un luxe et une aisance certaine, à base de marbres de couleur et de sculptures inspirées des déesses grecques et antiques.

Le hall d'accueil était éclairé par des candélabres baroques provenant d'églises italiennes ; Higgins et Marlow se dirigèrent vers un guichet derrière lequel officiait une sémillante quadragénaire qui comptait des billets.

– Désolé de vous importuner, dit Higgins, mais nous aimerions voir M. Gunnersbury.

L'employée leva des yeux courroucés vers l'ex-inspecteur-chef.

– Vous n'y pensez pas !

– Mais si, chère madame.

– Notre directeur ne reçoit que sur rendez-vous.

– Prévenez-le quand même que le superintendant Marlow et l'inspecteur Higgins désirent le voir d'urgence.

– Scotland Yard ?

– Votre perspicacité est remarquable.

– Je ne sais pas si...

– Dépêchez-vous, ordonna Marlow, tranchant ; sinon, notre intervention sera moins discrète.

La sémillante quadragénaire décrocha un téléphone, entra en contact avec la secrétaire particulière du directeur. À l'issue d'un bref dialogue, elle donna aux deux policiers l'autorisation de monter au premier étage.

Sur le palier, une petite dame d'une cinquantaine d'années, très nerveuse.

– Est-ce une plaisanterie, messieurs ?

– Non, mademoiselle, répondit Higgins, avec douceur.

– Vous êtes bien de Scotland Yard ?

– Et nous désirons nous entretenir avec M. Gunnersbury.

– Il est très occupé et...

– Acceptez-vous de lui transmettre notre requête ?

– Il n'apprécie guère l'imprévu... Peut-être pourriez-vous revenir ?

– Je crains que non.

– Je vais essayer.

Cinq minutes plus tard, la petite dame nerveuse leur ouvrit la porte d'un grand bureau encombré de bibelots au nombre desquels figuraient plusieurs horloges modernes ; sur des tables massives, des piles de dossiers.

Calé dans un imposant fauteuil de cuir rouge, un homme d'une cinquantaine d'années, lourd, épais, de petite taille, le menton orné d'un collier de barbe, les cheveux noirs gominés, passait d'un téléphone à l'autre avec l'excitation d'un homme d'affaires débordé.

– Oui, vendez... Non, je vous rappelle... Entendu, mais dans deux minutes... Achetez, par cinquante...

La tempête se calma quelques instants ; Oliver Gunnersbury regarda les deux policiers comme deux bêtes curieuses.

– Vous voulez quoi ?

– Scotland Yard, déclara Marlow, irrité par cette impolitesse.

– Ah oui... Plus tard. Ou alors, juste une question, et ouste !

– Très bien, admit Higgins ; êtes-vous l'assassin de Lord David Watercombe ?

Oliver Gunnersbury se leva, laissant le téléphone sonner.

– Vous avez dit quoi ?

– Ma question était claire.

Le directeur de la banque Riadys-Aoussidant se voulait élégant et portait un costume marron acheté à prix d'or chez un tailleur en vogue, mais il semblait engoncé dans une veste trop étroite et son pantalon se froissait.

– Si c'est une plaisanterie, messieurs, elle est d'un goût détestable.

– Le gouverneur de la Banque d'Angleterre a été assassiné et nous avons pour mission d'arrêter le coupable.

– Watercombe... Un vieux type milliardaire et dépassé, qui en avait plus qu'il ne méritait, mais quand même une institution. Moi, je suis dans le vent et lui allait ramener son pavillon pour rentrer au port, mais ça me fait quand même un choc. Dans notre boulot, c'était une figure. Mais... Pourquoi Scotland Yard envoie-t-il deux inspecteurs pour m'apprendre cette nouvelle ?

– Mon collègue est le superintendant Marlow, précisa Higgins ; si nous sommes ici, c'est parce que vous êtes suspect.

– Suspect... de quoi ?

– Du meurtre de Lord David Watercombe.

Oliver Gunnersbury explosa.

– Vous êtes fou, ou quoi ? Vous savez qui je suis, moi ? Le directeur d'une des banques d'affaires les plus actives de la City, qui travaille vingt heures par jour, le week-end compris, et s'occupe de faire prospérer les placements de ses clients ! Vous me voyez, moi, assassiner le gouverneur de la Banque d'Angleterre ? Absurde et idiot ! Regagnez vos pénates et laissez-moi travailler.

– Nous les regagnerons en votre compagnie, promit Higgins.

– Hors de question !

– Vous n'êtes pas au-dessus des lois, rugit Scott Marlow ; si vous refusez de répondre à nos questions, je vous ferai conduire au Yard menottes aux poignets.

Oliver Gunnersbury baissa le ton.

– Calmons-nous, calmons-nous ! Passons au salon, nous y serons mieux pour discuter.

Le petit homme lourd et épais ouvrit la porte donnant sur un salon étouffant, tendu de velours rouge et encombré de fauteuils Louis XV.

– Un scotch bien tassé ?

– Non, merci, répondit Higgins.

– Eh bien moi, je m'en sers un ; avec vos bêtises, vous me donnez soif.

– Vous êtes-vous rendu en Amérique du Sud ?

– Moi, sûrement pas ! Je déteste voyager... Je ne me sens bien que dans mon bureau, avec mes téléphones. Les pays étrangers sentent mauvais et l'on y mange mal.

Oliver Gunnersbury se servit un whisky bien tassé et s'assit sur un fauteuil ; Higgins consulta son carnet noir.

– Vous êtes bien le directeur de cette banque ?

– Ça ne se voit pas ?

– Qui est son propriétaire ?

– Ça vous intéresse ?

– Dois-je réitérer mes avertissements ? demanda Scott Marlow.

– Bon, d'accord, je ne suis pas le propriétaire ; c'est

un crime ? L'important, c'est le travail sur le terrain. Et ça, c'est mon affaire.

– Voyez-vous souvent M. Omar Ahmed ?

Oliver Gunnersbury émit un sifflement admiratif.

– Vous êtes bien renseigné, dites donc ! Bon, mon ami Ahmed est bien le propriétaire de cette banque, mais ce n'est pas un crime non plus.

– Vous avez donc une bonne opinion de M. Ahmed.

– Et comment ! C'est un type génial, honnête et généreux, l'un de ces financiers sans frontières qui incarnent l'avenir. Grâce à des hommes comme lui, on peut encore bâtir des empires. En plus, il n'abandonne pas ses amis. Mais comment avez-vous appris qu'il était le propriétaire de cette banque ?

– Paul Kneller a mené une enquête rigoureuse.

– Paul Kneller, ce charognard ! Enfin, j'exagère... C'est un bon professionnel, compétent et tenace ; quand il remet un rapport, on peut lui faire confiance.

– Néanmoins, vous ne l'aimez pas beaucoup.

– Un flic de la finance, ce n'est guère aimable ! Si vous l'avez rencontré, vous vous en êtes aperçu. Mais au fait... Pourquoi l'avez-vous rencontré ?

– Parce que votre établissement est soupçonné de graves malversations.

– Qui a osé dire ça ?

– Une enquête de la Banque centrale dont s'occupait Lord Watercombe.

Oliver Gunnersbury accusa le coup.

– Vous insinuez quoi ?

– Lord Watercombe comptait faire fermer la banque Ryadis-Aoussidant.

– Je vous rappelle que je ne suis que le directeur et non le propriétaire... Et puis, où sont les preuves ?

– Une commission spécialisée est déjà au travail pour les apporter, affirma Higgins ; dès demain, vous tiendrez l'ensemble de vos dossiers à sa disposition.

– C'est complètement insensé ! Mon honorabilité est inattaquable, mes comptes sont en ordre, mes...

– Vous le démontrerez aux spécialistes, il reste que le gouverneur de la Banque d'Angleterre vous aurait envoyé en prison ; croire que sa mort aurait interrompu l'enquête était une lourde erreur.

– Je n'ai jamais pensé ça... Car je ne suis coupable de rien !

– Je vous le souhaite, monsieur Gunnersbury, car nous identifierons l'assassin. Une bévue à ne pas commettre : alerter vos amis qui sont tous sur surveillance et assignés à résidence, comme vous, à partir d'aujourd'hui, serait inutile et dangereux. Cette démarche prouverait qu'ils sont vos complices, à l'instar de Jane Richmond-Lambeth.

– Alors là, vous divaguez ! Jane est une personne de qualité, comme on dit, un membre de l'*establishment* et une partenaire financière estimée de tous les professionnels.

– N'a-t-elle pas passé de nombreux contrats avec votre banque ?

– Un certain nombre, en effet, mais quoi d'anormal ?

– Si je comprends bien, monsieur Gunnersbury, vous proclamez votre innocence.

– Voilà, inspecteur ! Et vous verrez que vos soupçons sont tout à fait injustifiés.

CHAPITRE VII

Après un déjeuner frugal dans un pub de la City, Marlow et Higgins se présentèrent au portail de l'hôtel particulier d'Omar Ahmed, dans Mayfair, le quartier le plus aristocratique de la capitale. Ils avaient pris rendez-vous par téléphone, et le financier avait accepté de les recevoir à quinze heures trente, ce qui signifiait, d'après le code de politesse britannique, que l'entrevue aurait un caractère cérémonial et protocolaire. Avant cette heure-là, le rendez-vous eût été banal ; après, réservé à des intimes.

Un domestique en livrée les conduisit, sans un mot, jusqu'au perron où l'un de ses confrères prit le relais ; dans la cour stationnait une Bugatti Royale Coupé de Ville de 1931, dont seuls six exemplaires avaient été construits et dont la valeur s'élevait à quelques millions de livres sterling.

– Monsieur Ahmed vous attend, messieurs ; si vous voulez bien me suivre.

Les deux policiers traversèrent une immense salle à coupole dont les murs étaient ornés d'arcatures et le sol recouvert de mosaïques ; au centre, une fontaine en marbre blanc égrenait le chant apaisant de l'eau. Çà et là, des chandeliers en argent massif et des coffres en bois précieux. Higgins se crut transporté dans une demeure secrète et luxueuse de Tanger, de Marrakech ou de Fèz.

Puis ils gravirent les marches d'un escalier monumental, dont l'entrée était marquée par deux colonnes de granit surmontées de deux lions assis tenant un blason sur lequel figurait un cimeterre ; le domestique avançait d'un pas lent et silencieux. Après avoir emprunté un long couloir où étaient gravées des versets du Coran, il s'arrêta devant la porte d'un salon.

– Si ces messieurs consentent à entrer... M. Ahmed ne va pas tarder.

La pièce était plutôt petite, mais somptueuse ; des soies brochées rouge et or recouvraient le plafond et les murs, des tapis marocains du XIIIe siècle le plancher. Des panoplies d'armes étaient exposées aux quatre angles, une maquette de mosquée en or trônait sur une table en marqueterie. Higgins eut l'impression d'entrer sous la tente d'un chef de tribu exposant ses richesses et sa puissance.

Omar Ahmed ne dépassa pas le délai admissible de cinq minutes. De petite taille, ventripotent, une moustache blanche bien taillée, des lunettes en or, vêtu d'un costume blanc étincelant, il portait beau ses soixante-cinq ans.

– Navré de vous avoir fait attendre, messieurs ; superintendant de première classe Scott Marlow, je présume, et inspecteur Higgins... Ravi de vous recevoir dans cette modeste demeure. L'un de mes amis, qui occupe un poste important au ministère de l'Intérieur, m'a dit le plus grand bien de vous. On considère même l'inspecteur Higgins comme le spécialiste des affaires... sensibles. Aussi suis-je fort étonné de votre présence, mais très heureux d'accueillir des policiers aussi prestigieux. Me ferez-vous l'honneur de vous asseoir sur l'un de ces sofas qui proviennent d'un palais de Tunis où je prends parfois deux ou trois jours de repos ?

Scott Marlow était pétrifié.

En peu de mots, Omar Ahmed venait de leur signifier l'impossibilité de mener à son propos une enquête approfondie.

Le superintendant se laissa tomber sur un sofa, au-dessus duquel était exposé un poignard au manche orné de rubis.

Higgins, mains croisées derrière le dos, examinait les armes de collection.

– Des pièces uniques, au fini exceptionnel.

– Je suis assez fier de cette collection, inspecteur.

– Votre blason porte un cimeterre, si je ne m'abuse.

– L'épée des conquérants, en effet, que mes aïeux ont maniée avec dextérité pour exterminer les croisés et autres envahisseurs. Le combat n'est pas fini ; il a seulement pris une autre forme, d'apparence plus feutrée, mais non moins cruelle : la guerre économique. Nous autres Arabes la gagnerons aussi, parce que nous sommes plus imaginatifs, plus rusés et plus déterminés que les Occidentaux ; mon père disait : « Une pièce d'or ne rend pas le même son en tombant sur une moquette usée ou sur un sol de marbre. » Qui a compris cela ne peut plus se contenter d'une moquette usée et déploie son intelligence pour acquérir un sol de marbre. Ma bataille d'Angleterre me procure entière satisfaction ; la résistance locale est beaucoup moins vive que prévue et mes troupes gagnent chaque jour du terrain.

– Conquérir serait-il votre unique raison de vivre ?

Omar Ahmed sourit et ouvrit une boîte de nacre contenant des havanes.

– Un cigare, messieurs ?

Scott Marlow accepta, Higgins refusa.

– La fumée ne vous importune pas ?

– À ce niveau de qualité, elle est supportable.

Omar Ahmed alluma le havane de Marlow avec un briquet serti de diamants.

– On m'avait prévenu, inspecteur Higgins, et je savais que vous n'étiez pas un policier ordinaire ; mais d'emblée, vous me surprenez !

– J'espère ne pas vous avoir choqué.

– Au contraire, vous m'intéressez ! À la différence de la majorité de vos compatriotes, vous ne semblez pas cultiver l'hypocrisie comme la fleur préférée de votre jardin.

Irrité, Marlow se serait bien lancé dans un duel au sabre, mais jugea préférable de contenir ses instincts.

– Eh bien oui, affirma Omar Ahmed, conquérir est le but de mon existence, comme de n'importe quelle autre ; qui ne conquiert pas est un vaincu et ne mérite pas de vivre. Ne fut-ce pas l'unique morale de vos bâtisseurs d'Empire ? Nul ne pouvait la leur reprocher, tant qu'ils remportaient des victoires et régnaient sur plus d'un quart du globe ; en renonçant, vos armées m'on laissé le champ libre. Souhaitez-vous du thé, messieurs ? Assam, Ceylan ou Chine, à votre goût, avec du lait, de la crème ou du citron. Vous pouvez même exiger l'origine du lait, car je possède plusieurs troupeaux de vaches, en Écosse, au Pays de Galles et dans cinq régions d'Angleterre.

L'épreuve s'annonçait impitoyable.

Comment Higgins avouerait-il à son hôte qu'il était le seul sujet de Sa Gracieuse Majesté à détester le thé ? Aucun ocuba en vue pour y verser le contenu de la tasse, aucune potiche salvatrice. Il ne lui restait plus qu'un seul argument.

– Le thé s'accomode mal de la fumée d'un cigare exceptionnel.

– Vous avez raison, inspecteur ; un authentique porto conviendra mieux.

Omar Ahmed tira sur un cordon dissimulé derrière

une lance, et le breuvage raffiné, un *vintage* de grande classe, fut presque aussitôt offert à ses hôtes.

– Comment jugez-vous l'adaptation d'un sauvage tel que moi à vos coutumes impérieuses ?

– J'ai toujours préféré l'être à l'apparence.

– Voilà pourquoi vous n'êtes pas le grand patron du Yard, inspecteur ! Vous devriez comme moi, vous montrer là où il faut se pavaner, en compagnie de gens bien nés, riches et influents, aux bonnes dates et aux bonnes heures, résider impérativement à Londres entre fin avril et fin juillet pour ne manquer aucun des événements mondains, et rentrer ensuite sur vos terres avant de passer l'hiver à l'étranger et de participer à une chasse à courre et à quelques autres massacres du même genre, au cours desquels des propos discrets seront échangés avec des personnalités influentes. Une seule résidence possible : un hôtel particulier dans Mayfair, de préférence sur Park Lane, parce que cette avenue longe le côté est de Hyde Park. Seul mon costume blanc pourrait vous choquer, mais je ne le porte que chez moi ou en Orient.

– Connaissez-vous l'Amérique du Sud ? demanda Higgins.

– J'ai voyagé dans le monde entier, inspecteur, et je crois avoir visité la quasi-totalité des pays qui composent notre vieille terre. Certains m'attirent plus que d'autres, comme cette chère Angleterre, sans doute parce qu'elle a dicté sa loi à la planète, lui a imposé sa langue et continue de réglementer les sports collectifs les plus populaires. Quoi qu'on fasse, il y aura toujours le royaume de Sa Gracieuse Majesté et le reste du monde. Pour moi, voilà un adversaire de choix et une superbe conquête en perspective !

– Désirez-vous devenir Premier ministre ?

Omar Ahmed éclata de rire.

– Honnêtement, je n'y avais pas songé ! D'autres stratégies me paraissent préférables ; tout homme politique étant achetable, il suffit de connaître son prix et de mener la négociation avec tact. Les idéologies n'ont plus aucune importance ; les discours sont destinés au « bon peuple » qui continue à croire en la démocratie, à l'égalité, à la liberté et aux balivernes du même genre. Nous, les financiers internationaux, connaissons les véritables mécanismes du pouvoir ; c'est pourquoi nous sommes les véritables conquérants d'aujourd'hui.

– Au mépris de la légalité, je suppose.

– Inspecteur ! Vous me paraissez trop intelligent pour croire que les humains sont égaux devant la loi. Les financiers la violent chaque jour, c'est vrai, mais qui le leur reprocherait ? À un certain niveau de transaction, il n'existe plus d'autre loi que le profit. Ceux qui ne l'ont pas compris ne deviendront jamais riches et continueront d'espérer en un avenir meilleur. D'un côté, la stupidité de l'espèce humaine me fascine ; de l'autre, elle m'enchante. Grâce à elle, ma fortune ne cesse de grandir. Comment trouvez-vous ce porto, superintendant ?

– Excellent, murmura Scott Marlow, abasourdi par tant de cynisme.

Face à ce genre d'êtres, le superintendant se sentait désarmé ; par bonheur, Higgins tenait bon.

– Vous étonnerai-je, monsieur Ahmed, en vous apprenant que Scotland Yard ne partage pas vos opinions ?

– La police est nécessaire, inspecteur ; elle doit protéger les honnêtes gens, les milliardaires, les personnalités intouchables et arrêter les bandits. Lui demander davantage serait une déplorable erreur ; avant de clore cet intéressant entretien, me permettez-vous de vous poser une question ?

– Je vous en prie.

– Pour quelle raison précise désiriez-vous me voir ?

CHAPITRE VIII

Scott Marlow, qui avait amplement prouvé son courage pendant les combats de la Seconde Guerre mondiale eût pourtant aimé rentrer sous terre. Higgins avait intérêt à donner une réponse médiocre qui n'abuserait pas Omar Ahmed mais ménagerait sa susceptibilité.

– Connaissez-vous un dénommé Paul Kneller ?

Le financier réfléchit quelques instants.

– Un petit fonctionnaire minable qui m'a écrit à deux reprises pour des « demandes d'information » concernant mes affaires en Grande-Bretagne. J'ai fait répondre par mon secrétariat.

– Curieux.

– Qu'est-ce-qui vous surprend, inspecteur ?

– Que vous vous souveniez de son nom ; des lettres administratives de ce type, votre secrétariat doit en recevoir des dizaines sans même en parler.

– Admettons... Mettriez-vous ma réponse en doute ?

Le superintendant serra son verre à le briser.

– Êtes-vous bien propriétaire de la banque Ryadis-Aoussidant ?

– Pourquoi le cacherais-je ? Cet établissement financier traite de nombreuses affaires et possède un excellent renom dans la City.

– Vous ne vous en vantez guère, monsieur Ahmed, puisque Paul Kneller a dû mener une enquête relativement difficile pour prouver que la banque Ryadis-Aoussidant vous appartenait.

– Un petit fonctionnaire minable et fouineur... Beaucoup de défauts pour un seul homme.

– J'insiste, monsieur Ahmed ; pourquoi tant de discrétion ?

Très détendu, le financier savourait son cigare.

– Vous connaissez mal mon milieu, inspecteur ; il est nécessaire de se montrer pour inspirer confiance à l'*establishment*, mais il est indispensable d'être discret lorsqu'on traite de grosses affaires. Que l'on sache que je suis propriétaire de telle ou telle banque n'intéresse que quelques initiés.

– Heureux d'en faire partie.

– Cette information ne vous procurera aucun avantage.

– Du point de vue financier, c'est probable ; de celui du Yard, c'est différent.

– Vous êtes bien énigmatique.

Higgins consulta son carnet noir.

– Le directeur de votre banque se nomme bien Oliver Gunnersbury.

Omar Ahmed tira une bouffée odorante ; Marlow s'attendait à une explosion de rage imminente.

– Paul Kneller n'a pas éprouvé grand-peine à l'établir ; ce fait-là est de notoriété publique.

– Pourquoi avoir choisi M. Gunnersbury pour diriger votre banque ?

– Excellente question, inspecteur ; je ne choisis pas mes employés au hasard. Qui est Oliver Gunnersbury ? Un gros travailleur, très ambitieux, plus attaché à l'argent qu'à sa propre famille, compétent et consciencieux, servile à souhait, qui a fini par croire que la banque lui appartenait et se dévoue pour elle jour et nuit. Parfois, les arrivistes partis de rien deviennent de véritables chefs d'entreprise ; Gunnersbury demeurera un parvenu et ne saura jamais devenir vraiment riche. Il achète des costumes à prix d'or chez un tailleur à la mode, mais ne réussit pas à être élégant ; c'est ainsi, et nul n'y changera rien. En conséquence, un excellent second et un parfait directeur de la banque Ryadis-Aoussidant.

Omar Ahmed sourit, comme si un délicieux souvenir lui traversait l'esprit.

– De plus, ajouta-t-il, il avait épousé une fort jolie femme ; dans certaines circonstances, ce n'est pas un atout négligeable.

– Mettriez-vous en cause la fidélité de madame Gunnersbury ?

Scott Marlow s'étouffa ; comment Higgins osait-il provoquer ainsi le financier ?

– Je n'ai rien de plus à dire sur ce point, déclara Omar Ahmed, toujours souriant. Puisque vous savez, de source sûre, qu'Oliver Gunnersbury est le directeur bien noté de la banque que je possède, êtes-vous satisfait ?

– Je crains que non, monsieur Ahmed.

– Je partageais cette crainte, inspecteur ; il me semblait bien que vous n'étiez pas venu pour si peu.

– Fréquentiez-vous Lord David Watercombe ?

– Ah, le vieux gouverneur de la Banque d'Angleterre ! D'après moi, un sinistre imbécile, aux idées périmées ; c'est à cause de gens comme lui, empêtrés dans une morale désuète, que l'Angleterre court vers l'abîme et sombrera dans la faillite. Voilà bien longtemps que ce pauvre Watercombe ne comprend plus rien aux lois de la finance mondiale ; enfermé dans sa tour d'ivoire, engoncé dans ses principes, le cerveau rouillé, il est un obstacle au progrès.

Scott Marlow était outré ; une phrase de plus, et il explosait.

– Avez-vous discuté récemment avec Lord Watercombe ?

– Nous nous sommes croisés lors d'une réception huppée, il y a une quinzaine de jours. Il était hautain et guindé, comme d'habitude, et m'a accordé l'un de ces regards condescendants dont il est coutumier. Ce vieillard irascible doit ignorer que la reine Victoria est décédée.

– Quelle fut votre attitude ?

– Aimable, bien entendu ; n'étant pas anglais, je n'ai aucun complexe de supériorité. Pour être franc, Lord Watercombe n'est pas mon sujet de conversation préféré.

– Désolé d'insister, mais j'aimerais savoir s'il n'a pas échangé quelques mots avec vous.

– Je n'ai pas eu droit à tant d'honneur.

– Lord David Watercombe vient d'être assassiné, monsieur Ahmed.

Un long silence s'établit ; le financier ne manifesta aucun signe d'émotivité.

– C'est une excellente nouvelle, inspecteur ; j'espère qu'il sera remplacé par un homme jeune et ouvert au monde moderne.

– Mon unique préoccupation est de découvrir l'assassin.

– Puisque vous appartenez à Scotland Yard, quoi de plus naturel ?

– Paul Kneller, inspecteur de la Banque centrale, menait une enquête à l'initiative de Lord Watercombe ; l'ignoriez-vous ?

– Je ne comptais pas au nombre des intimes du gouverneur, vous l'aurez compris ; ses petits secrets ne m'intéressaient pas.

– L'enquête de Paul Kneller avait pour objectif principal la banque Ryadis-Aoussidant.

– Chaque banque fait l'objet de ce genre de démarche ; il était évident que le vieux lord finirait par me viser, d'une manière ou d'une autre.

– Le gouverneur s'apprêtait à vous accuser de graves malversations.

– Moi, ou mon directeur ?

– L'enquête financière l'établira.

– N'est-elle pas close avec le décès de Lord Watercombe ?

– Elle se poursuivra, soyez-en sûr, de même que l'enquête criminelle.

– Peu m'importe !

– Vous croyez-vous hors d'atteinte, monsieur Ahmed ?

– Mais bien sûr, inspecteur, puisque je suis innocent.

– Le coupable serait donc Oliver Gunnersbury.

– À vous de le prouver.

– Vous ne semblez guère décidé à nous aider.

– En aucune façon, inspecteur ; je fais mon métier, faites le vôtre.

– Dois-je vous rappeler que nous recherchons un assassin ?

– C'est votre problème, pas le mien ; dois-je vous rappeler que la mort de Lord Watercombe ne m'attriste pas ?

– C'est pourquoi vous figurez au premier rang des suspects.

– Vous savez bien que non, inspecteur ; votre hypothèse d'école s'effondrera devant la réalité des faits... et celle de la justice.

Higgins consulta son carnet noir.

– Il existe un autre suspect : Jane Richmond-Lambeth, spécialiste du courtage en valeurs mobilières. D'après l'enquête de Paul Kneller, elle travaillait beaucoup avec votre banque.

– Avec son directeur, voulez-vous dire ; c'est avec lui que cette dame faisait des affaires.

– Vous ne la connaissez donc pas.

– Au contraire, inspecteur, au contraire ! C'est une femme superbe, belle et épanouie comme on peut l'être à trente-huit ans ; elle est amoureuse de l'argent et se lance dans des spéculations hasardeuses, mais j'en ai fait ma maîtresse.

Marlow sursauta ; à son épouvantable morgue, Omar Ahmed ajoutait l'immoralité.

– L'ennui, poursuivit-il, c'est que Jane est une femme, donc une créature inférieure et insupportable, comme toutes les représentantes de son espèce. Je les déteste et je les méprise, parce qu'à un moment ou à un autre, elles font intervenir les sentiments dans les affaires. En tombant dans mes bras, Jane a d'abord suivi une tactique ; se laisser séduire par le propriétaire de la banque Ryadis-Aoussidant lui permettrait d'obtenir les avantages techniques dont elle rêvait. Ensuite, elle a commis l'erreur impardonnable de tomber amoureuse de moi. Alors, je l'ai renvoyée à ses transactions, à ses chiffres et à ses bénéfices. Si froide et si passionnée, si tacticienne et si naïve, si déterminée et influençable en même temps... Bref, une femme avec toutes ses contradictions ! Rien de plus exaspérant, non ? Personnellement, je ne supporte ni les scènes ni les reproches.

– Lors de votre séparation, comment Jane Richmond-Lambeth a-t-elle réagi ?

– Je m'en moque, inspecteur.

– Quand avez-vous rompu ?

– Cinq ou six semaines, je ne m'en souviens plus.

– Vous êtes-vous revus depuis ?

– Non.

– La mort de Lord Watercombe est une excellente nouvelle, pour elle aussi ; en raison des charges qui pèsent sur elle, Jane Richmond-Lambeth aurait passé quelques années en prison. Mais rassurez-vous : comme je vous l'ai promis, l'enquête financière reprendra.

– Cette ravissante personne est bien trop intelligente pour avoir commis des fautes évidentes ; quant à l'imaginer en meurtrière d'un lord, c'est risible !

Omar Ahmed écrasa son cigare dans un cendrier.

– Cet entretien m'a beaucoup amusé, messieurs, mais le travail m'appelle ; puisque nous n'aurons probablement pas l'occasion de nous revoir, permettez-moi de vous souhaiter bonne chance.

CHAPITRE IX

Omar Ahmed n'avait pas menti.

Jane Richmond-Lambeth était effectivement une femme splendide, dont le pouvoir de séduction semblait illimité. Les cheveux auburn mi-longs, le visage aussi parfait que celui d'une madone de Botticelli, les yeux verts, elle unissait élégance et sensualité dans une harmonie quasi miraculeuse. Habillée d'un tailleur beige très classique, elle avait ajouté une note poétique sous forme d'une discrète branche de mimosa en guise de pochette ; sur ses épaules, un châle de laine dont la seule vue dégageait une impression de confort et de chaleur.

Higgins ne regrettait pas de l'avoir invitée à dîner, en compagnie de Scott Marlow, à l'*English House* dont l'éclairage discret et le mobilier ancien, agrémenté de bouquets montés, créaient une atmosphère paisible, presque campagnarde. Dans ce cadre tranquille, l'agitation londonienne paraissait lointaine.

– Je vous remercie pour cette invitation, dit-elle d'une voix onctueuse, presque chantante, mais je ne vous cacherai pas ma surprise et mon inquiétude. Je ne savais pas que Scotland Yard recevait à l'*English House*, mais vous n'en êtes pas moins des policiers.

– Si nous commandions ? proposa l'ex-inspecteur-chef, dont la jeune femme appréciait l'impeccable costume bleu nuit, fait sur mesure par le meilleur tailleur de chez Trouser's, dans Regent Street.

Les trois convives s'accordèrent sur des plats traditionnels et sans ambition, que l'*English House* réussissait d'une manière remarquable : un *kidney pie*, pâté à la viande et aux rognons, une sole de Douvres et un *Yorkshire Pudding* ; un saint-émilion en soulignait la saveur.

– Peut-être auriez-vous préféré un endroit plus exotique, avec des spécialités sud-américaines, par exemple ?

– Oh non, inspecteur ! Les charmes de notre vieille Angleterre sont si convaincants que je n'ai jamais voyagé, à l'exception d'une escapade en Irlande. Pourquoi chercher au loin un bonheur qui se trouve à portée de votre main ?

Scott Marlow, qui détestait les voyages, apprécia cette opinion.

– M'autorisez-vous à vous faire une confidence, mademoiselle ?

– Je vous en prie, inspecteur.

– Je connais mal les milieux de la finance, mais je croyais qu'une spécialiste de courtage en valeurs mobilières aurait une allure beaucoup plus... rébarbative.

Amusée et flattée, elle sourit. Un sourire qui eût enchanté l'âme d'un peintre vénitien.

– Tous les inspecteurs du Yard s'habillent-ils chez Trouser's ?

– Simple habitude familiale.

– Pour moi, la finance en est une ; mon père était un brillant investisseur. Il m'a formée et encouragée à continuer sur le chemin qu'il avait tracé.

– Était-ce votre intention première ?

Elle contint un éclat de rire.

– Certes pas... j'ai fait de la danse classique, je me suis inscrite à une école de dessin, on m'a sollicitée comme modèle et comme mannequin, bref une succession de folies qu'un père tolère de la part de sa fille unique. Par bonheur, il m'a transmis sa science, et j'ai quand même eu l'intelligence de l'écouter. Quand il est mort, je fus capable d'être autonome.

– Et même bien davantage, précisa Higgins ; on vous considère comme l'une des étoiles de votre métier.

– On le dit, en effet, mais connaît-on le prix à payer ?

Une ombre triste voila son regard.

– Votre tâche est-elle si ardue ?

– La plupart des gens croient que l'on peut gagner des milliers de livres sterling en très peu de temps, si l'on sait spéculer ; c'est vrai, mais ils oublient que l'on perd également des fortunes en quelques minutes. Pour éviter un désastre, une seule solution : travailler et travailler encore, demeurer sans cesse sur le qui-vive, à l'affût de la moindre information. Il faut renoncer à fonder une famille, accepter une certaine solitude, oublier les loisirs ; c'est parfois pesant.

– Pourtant, vous continuez.

– Quelque temps encore ; j'aime me battre et gagner. Lorsque ce combat n'aura plus d'attrait, je saurai m'arrêter.

Le superintendant, plutôt versé sur le whisky, jugea fort à son goût le saint-émilion ; bien que vaincue lors des deux dernières guerres mondiales, la France avait réussi à préserver ses vins.

– Une grosse affaire en vue ?

– Là, inspecteur, vous m'en demandez trop ! Le secret, dans mon métier, est la principale clé du succès.

De l'index de la main droite, avec une grâce attendrissante, elle caressa le mimosa.

– Cet endroit est agréable, la cuisine succulente, votre compagnie du meilleur goût… Mais pourquoi un superintendant et un inspecteur tenaient-ils à me rencontrer ?

– Pour vous parler de M. Oliver Gunnersbury.

– Le directeur de la banque Ryadis-Aoussidant ?

– Lui-même.

– Que lui arrive-t-il ?

– Il est l'un de vos interlocuteurs privilégiés, n'est-ce pas ?

– Je traite un certain nombre d'affaires avec lui, en effet, mais…

– Quelle opinion avez-vous de M. Gunnersbury ?

Higgins avait posé sur la table son carnet noir et un crayon finement taillé.

– Vous enregistrez ma déposition ?

– Pas du tout, mademoiselle ; il s'agit d'une simple conversation. En raison de mes défaillances de mémoire, je préfère prendre quelques notes.

– Oliver Gunnersbury est en prison, c'est cela ?

– Pourquoi cette crainte ? demanda Scott Marlow tranchant.

– Je… je ne sais pas… Une idée folle qui m'a traversé l'esprit.

– Le soupçonneriez-vous de malversations ?

– Non, bien sûr que non ! Mais je sais qu'il est très critiqué… Les autres banquiers n'apprécient guère ses méthodes, ses emballements, sa brutalité, et l'ont parfois accusé de malhonnêteté. Mais comment nier qu'il a développé la banque Ryadis-Aoussidant de manière spectaculaire, grâce à un travail acharné dont peu de professionnels eussent été capables ? Gunnersbury s'est totalement investi dans son métier et il s'y est montré très efficace ; aussi a-t-il attisé jalousies et médisances. Comme tous les aventuriers, il n'est pas à l'abri de la faillite ; mais lui, avec sa vanité, il ne s'en relèverait pas.

– Avez-vous eu l'occasion de vous plaindre de son comportement ?

– Il est brutal, plutôt mal élevé, impitoyable en affaires et sans doute un peu menteur... Mais, pour moi, le solde est positif. Sinon, j'aurais cessé toute relation.

Higgins, de son écriture fine et rapide, avait pris quelques notes, sous les yeux inquiets de Jane Richmond-Lambeth qui n'avait plus aucun appétit.

– Connaissez-vous Lord David Watercombe ?

– Dans mon métier, qui ne connaît le gouverneur de la Banque d'Angleterre ? Un homme extraordinaire, fascinant... Lorsque je lui ai été présentée, je fus incapable de prononcer une phrase compréhensible. Il a dû me prendre pour une sinistre idiote. Qui d'autre que lui incarne l'esprit de la City ? Pour nous tous, il est l'exemple absolu.

– N'est-il pas un peu... dépassé ?

– Dépassé ? Au contraire ! Lord David Watercombe est intemporel. Sans lui, c'est toute la finance britannique qui vacillerait.

– Il faudra pourtant qu'elle résiste.

Un profond étonnement s'inscrivit dans les yeux verts de Jane Richmond-Lambeth.

– Que voulez-vous dire, inspecteur ?

– Lord David Watercombe est mort.

– Mort ? Mais la presse n'a pas parlé de cette tragédie !

– Comme il s'agit d'un crime, l'information a été différée pour nous permettre d'accumuler certains indices.

La jeune femme blêmit.

– Un crime... Mais qui a pu...

– Nous découvrirons l'assassin.

– Et vous soupçonnez Oliver Gunnersbury ?

– Nous soupçonnons toutes les personnes qui

avaient intérêt à voir disparaître Lord David Watercombe.

Jane Richmond-Lambeth baissa les yeux et se concentra sur son *Yorkshire Pudding.*

– Un inspecteur de la Banque centrale a mené une enquête sur vous, mademoiselle.

– Je sais, inspecteur ; il se nomme Paul Kneller. Il m'a interrogée à plusieurs reprises et semble persuadé que je suis impliquée dans des transactions plus ou moins louches. Kneller est un personnage redoutable dont la compétence n'est pas niable ; mais Dieu, qu'il est triste et ennuyeux !

– Ces dernières années, il a mis fin à des agissements douteux, et les financiers mis en cause furent condamnés.

– Je ne l'ignore pas ; en ce qui me concerne, il se trompe.

– Vos relations professionnelles avec Oliver Gunnersbury sont dans sa ligne de mire.

– Paul Kneller est un homme impitoyable et sec de cœur, il veut prouver sa puissance en faisant plier un financier en vogue ; qu'il m'entraîne dans la tourmente l'indiffère.

– Oserait-il fabriquer de fausses preuves ?

– Non, il ruinerait sa propre carrière.

– M. Kneller semble très sûr de lui.

– Vous a-t-il fourni un dossier détaillé et précis ?

– Ce document a disparu, avoua Marlow ; mais nous savons qu'il a existé.

– N'est-ce pas un peu léger, superintendant ? Je suis prête à me défendre, croyez-le, mais pas contre des fantômes !

– Si je ne m'abuse, reprit Higgins avec calme, Oliver Gunnersbury n'est pas le propriétaire de la banque Ryadis-Aoussidant.

Les joues de la jeune femme rosirent.

– C'est possible...

– M. Gunnersbury est parti de rien pour arriver à ce poste envié qui lui fut confié par le véritable patron de la banque. Le connaissez-vous, mademoiselle ?

Jane Richmond-Lambeth se mordilla les lèvres.

– Non, inspecteur.

CHAPITRE X

Higgins demanda au sommelier d'apporter une seconde bouteille de saint-émilion ; en raison de la tournure prise par les événements, le délicieux breuvage serait le bienvenu. Un vieil adage ne proclamait-il pas : *in vino veritas,* « la vérité est dans le vin » ?

Jane Richmond-Lambeth avait brisé la branche de mimosa dont les morceaux gisaient sur la nappe, non loin du carnet noir de l'ex-inspecteur-chef ; sur son front, une ride était apparue.

– Est-il nécessaire de mentir, mademoiselle ?

– Je ne comprends pas.

– Vous n'ignorez pas que M. Omar Ahmed est le propriétaire de la banque Ryadis-Aoussidant, et vous n'ignorez pas non plus que nous le savons, à moins que vous n'ayez une piètre opinion des enquêteurs de Scotland Yard. Alors, pourquoi mentir ?

– J'ai mes raisons.

– Nous avons rencontré M. Ahmed et longuement parlé avec lui.

Les ravissantes lèvres de la jeune femme se déformèrent en un rictus.

– Vous avez eu de la chance. Il déteste les Anglais et l'Angleterre.

– Il ne s'en est pas caché ; mais déteste-t-il aussi les Anglaises ?

Le rouge monta au front de Jane Richmond-Lambeth.

– Il hait les femmes, toutes les femmes ! Pour lui, ce sont des créatures inférieures qui ne servent qu'à satisfaire ses désirs les plus vils et à lui donner du plaisir ; quand elles ne sont plus assez serviles, il s'en débarrasse.

Scott Marlow était horrifié ; jamais il n'avait imaginé qu'une personne aussi raffinée pût proférer de telles turpitudes.

– Vous semblez bien le connaître, observa Higgins.

– Aurait-il osé...

– Il nous a affirmé que vous aviez été sa maîtresse.

Écœurée, elle détourna la tête.

– Omar Ahmed est le pire des rustres.

– Pourquoi cette liaison, mademoiselle ?

– Explique-t-on un coup de cœur, inspecteur ?

– Il existe certaines passions... raisonnables.

– Qu'insinuez-vous ?

– Je tente de comprendre. Vous êtes belle et jeune ; M. Ahmed a soixante-cinq ans et il n'est pas le prototype de l'homme séduisant.

– Vous oubliez son intelligence ; c'est un atout beaucoup plus important qu'une musculature d'athlète ou un physique de jeune premier.

– D'après lui, vous vous êtes d'abord comportée en professionnelle de la finance avant de tomber réellement amoureuse.

– L'ignoble personnage ! Il adore jouer avec les êtres, surtout avec les femmes, et les briser entre ses doigts, lentement, très lentement, pour mieux jouir du spectacle.

– Saviez-vous sur quel terrain vous vous engagiez ?

– Franchement non, inspecteur ; je l'ai rencontré lors d'un cocktail, et il fut charmant et brillant, comme seul un oriental en est capable, lorsqu'il cherche à séduire. Et je suis tombée dans ses filets. Ensuite, mais ensuite seulement, j'ai appris qui il était ; c'est vrai, j'ai pensé que la chance me souriait à double titre : une liaison peut-être durable et la rencontre d'un financier international qui donnerait un nouvel élan à ma carrière... Quelle idiote je fus !

– Vous a-t-il aidée dans le milieu financier ?

– Il a fait semblant, afin que je ne l'importune pas, mais je me suis vite rendue compte qu'il s'agissait de trompe-l'œil. Omar Ahmed ne donne jamais, inspecteur ; il prend ou il jette.

– Votre rupture fut-elle... violente ?

– Comme il ne supporte pas qu'on lui résiste et qu'on le critique avec des arguments précis, la discussion fut orageuse. Néanmoins, en dépit de quelques insultes, il ne m'a pas menacée ; ma remplaçante occupait déjà ses pensées.

– S'agirait-il de Mme Gunnersbury ?

– Vous savez cela aussi...

– Nous n'avons aucun mérite ; c'est M. Ahmed lui-même qui s'en est vanté.

– Oliver Gunnersbury n'a pas le temps de s'occuper de son épouse ; elle a de l'argent, est plutôt mignonne, et les journées sont longues. Pour Omar, c'est une passade qui le distrait de temps à autre.

– M. Gunnersbury est-il au courant ?

– Je l'ignore.

– Ce n'est donc pas elle, votre « remplaçante ».

– Certainement pas ! Je vous le répète, la petite madame Gunnersbury n'est qu'une friandise occasionnelle qui croit sans doute être utile à son mari en cédant aux caprices de son patron. Ma rivale est d'un autre calibre.

– L'avez-vous vue ?

– Croisée, plusieurs fois ; pour Omar, quel régal !

L'ancienne maîtresse s'effaçant devant la nouvelle, plus jeune, plus attirante, plus conquérante !

– Est-elle vraiment jolie ?

– Superbe ! Brune, élancée, un corps parfait... une déesse antique.

– Connaissez-vous son nom ?

– Son prénom, seulement : Cassandra. Peut-être le fera-t-elle souffrir, mais je n'ose l'espérer.

– N'avez-vous pas tenté d'obtenir des renseignements sur cette rivale ?

– J'ai eu l'élégance de m'effacer ; est-ce condamnable ? Soyez franc, inspecteur : osez-vous me soupçonner d'être mêlée, de près ou de loin, au meurtre de Lord David Watercombe ?

– Il existe plusieurs suspects.

– Dont moi ?

– Dont vous.

– Je refuse de payer pour les autres.

– L'enquête ne fait que commencer, mademoiselle ; si vous êtes innocente, vous n'avez rien à craindre.

– Paul Kneller m'accuse, Gunnersbury m'accablera pour mieux se dédouaner, les fausses preuves s'accumuleront contre moi, et je serai prise au piège... Je préfère contre-attaquer, c'est dans ma nature. Avez-vous entendu parler du club Goldfare, inspecteur ?

Higgins se remémora un bref article du Times sur les confréries financières occultes dont l'influence ne cessait de s'étendre, au détriment des institutions en vue.

– Est-ce si important, mademoiselle ?

– Capital : le club Goldfare est un cercle très fermé, composé de financiers de très haut niveau, qui ne recrute que par cooptation. Parmi ses membres, Lord David Watercombe, Oliver Gunnersbury et Paul Kneller.

Le superintendant ne cacha pas sa stupéfaction.

– Mais Kneller n'est qu'un enquêteur de la Banque centrale !

– Ne le sous-estimez pas : s'il se montre si efficace, c'est parce qu'il connaît tous les mécanismes de la haute finance ; demain, vous le retrouverez à la tête d'une administration ou d'une banque.

– Est-ce Lord Watercombe qui lui a ouvert la porte du club ?

– Probable.

– Je vois mal Gunnersbury cohabiter avec Lord Watercombe !

– C'est parce que vous connaissez mal ce genre d'association, superintendant ; deux membres pouvaient faire partie du club pendant des années sans s'être une seule fois adressé la parole. Bien qu'il fût le protégé de Lord David Watercombe, Paul Kneller se gardait bien d'avoir une conversation privée avec lui.

Higgins tourna une page de son carnet noir.

– Un détail me surprend ; comment pouvez-vous être aussi bien renseignée ?

– De simples rumeurs, inspecteur...

– C'est peu crédible, mademoiselle ; n'est-ce pas un membre du club qui vous aurait fourni des informations ?

– Bon, j'avoue... C'est la vérité.

– Ni Lord David Watercombe, ni Paul Kneller... ni Oliver Gunnersbury. Il n'aurait pas osé, au risque d'encourir un blâme et d'être exclu du club. Le nom de votre informateur, mademoiselle ?

– C'est très délicat.

– Puisque vous nous avez indiqué cette piste, nous la suivrons ; ayez l'obligeance de nous faire gagner du temps.

– Il s'agit d'une relation d'affaires, Sir Sigismond Latersheep. Il dirige un cabinet de placements. Vous... vous l'interrogerez ?

– Bien entendu.

– Méfiez-vous, il a tendance à raconter n'importe quoi pour le plaisir de nuire.

– Nous trierons le bon grain de l'ivraie.

– Appartenir au club Goldfare est un passage obligé pour traiter certaines affaires, révéla Jane Richmond-Lambeth ; rien d'officiel, bien entendu, mais une reconnaissance tacite sans laquelle certaines portes demeurent fermées.

– En apprenant qu'Oliver Gunnersbury avait entraîné la banque Ryadis-Aoussidant sur des chemins douteux, Lord David a dû être fort déçu et se poser un véritable cas de conscience.

– Rien n'est prouvé, inspecteur !

– Paul Kneller a formulé des soupçons, ne l'oubliez pas.

– Quelles que soient les circonstances, le gouverneur de la Banque d'Angleterre aura choisi la voie de la rectitude.

Le superintendant estima que les charges pesant sur Oliver Gunnersbury s'alourdissaient ; sans doute avait-il tenté, dans le cadre feutré du club Goldfare, de persuader Lord Watercombe de son innocence. Mais ce dernier avait contre-attaqué, profitant du même avantage. Lorsque le gouverneur de la Banque d'Angleterre avait constaté la culpabilité de Gunnersbury, ce dernier, proche de la déchéance, avait décidé de le supprimer.

– Si ce club est un « passage obligé » de la haute finance, avança Higgins, Omar Ahmed a dû tenter d'en devenir membre.

– Comment... comment avez-vous deviné ?

La jeune femme paraissait sincèrement surprise.

– Vous m'avez conduit à cette conclusion, mademoiselle ; est-elle exacte ?

– Oui, inspecteur.

– Comment s'y est-il pris ?

– Par la corruption, comme d'habitude ; il aurait

sans doute réussi, si Lord David Watercombe n'était intervenu de manière préremptoire. Lors du vote final, Ahmed n'a obtenu aucune voix.

– Quelle fut sa réaction ?

– Une colère glacée ; il s'est juré de faire payer le prix fort, selon ses propos, à ce « vieil imbécile de Lord qui croyait régenter la City ».

La révélation ne réjouit pas Scott Marlow ; tout soupçon pesant sur Omar Ahmed rendait plus délicate la tâche du Yard ; si Higgins l'estimait coupable, il ne lâcherait pas prise et provoquerait de dangereux remous. Une menace, même aussi précise, n'avait pas valeur de preuve.

Mais le crayon de l'ex-inspecteur-chef courait sur la page du carnet noir consacrée à Omar Ahmed, sous le regard attentif de Jane Richmond-Lambeth. Marlow redoutait que Higgins, auquel des rumeurs non vérifiées prêtaient de nombreuses aventures, ne cédât au charme de sa trop séduisante interlocutrice et ne perdît le sens de l'objectivité.

Soudain, le crayon finement taillé parut suspendu en l'air.

– Mais vous-même, mademoiselle, n'auriez-vous pas eu intérêt à devenir membre de ce club ?

Jane Richmond-Lambeth sembla statufiée ; pendant une longue minute, elle fut incapable de parler.

– Moi, mais... Vous comprenez, je...

– Vous êtes brillante et ambitieuse ; pour vous aussi, le club Goldfare était un point de passage obligé.

– Peut-être, mais...

– Mais vous êtes une femme, et l'on s'est fermement opposé à votre candidature.

Vaincue, elle baissa les yeux.

– Je suis persuadé que Lord David Watercombe s'est élevé contre l'idée saugrenue d'accueillir une femme dans une confrérie aussi fermée.

– Je l'ai détesté, inspecteur, mais je ne l'ai pas tué.

CHAPITRE XI

Lorsque Higgins sortit du Connaught, où il avait passé une excellente nuit, la vieille Bentley du superintendant Marlow l'attendait. Les deux policiers appréciaient la ponctualité ; la vénérable automobile, achetée d'occasion à un revendeur douteux, trouvait un plaisir particulier à véhiculer l'ex-inspecteur-chef.

Ce matin-là, il pleuvait ; la météorologie avait annoncé qu'une averse durable succèderait à une série d'ondées que les propriétaires de pelouses considéraient comme les bienvenues. Sous les roues de la Bentley défilait le macadam mouillé, dont l'invention était due à un ingénieur écossais du même nom. Une dizaine d'encombrements et autant d'accidents n'empêchèrent pas l'auguste voiture d'atteindre son objectif, une petite maison verte à deux étages, dans une rue calme de la banlieue sud de Londres. La barrière blanche, très basse, venait d'être repeinte, et le jardinet bénéficiait de soins remarquables ; un rosier, bien abrité, ne tarderait pas à offrir ses merveilles à la vue de Drusilla Beargarden.

La porte d'entrée étant dépourvue de sonnette, Higgins utilisa le heurtoir ; il frappa trois coups espacés. Au premier étage, une fenêtre s'ouvrit ; apparut le visage pomponné de la secrétaire particulière de feu Lord David Watercombe.

– C'est vous, inspecteur ?

– Pourrions-nous vous parler quelques instants, mademoiselle ?

– C'est que... Il est bien tôt.

– Pardonnez-nous, mais nous avons une journée chargée.

Higgins, certes, avait hâte d'interroger la secrétaire modèle, mais il voulait aussi éviter l'heure du thé ; à supposer qu'un ocuba ou quelque autre auxiliaire ne fût pas à proximité pour y déverser le contenu de sa tasse, il eût été contraint d'absorber ce breuvage qu'il détestait.

Drusilla Beargarden entrouvit sa porte.

– Cette entrevue est-elle indispensable ?

– Je le crains.

– Entrez, mais prenez les patins ; ne faites pas attention au désordre, je n'ai pas encore eu le temps de faire le ménage.

Pas un grain de poussière, pas un napperon qui ne fût à sa place exacte, pas un tableau campagnard qui ne fût rigoureusement horizontal : l'intérieur douillet de Drusilla Beargarden était à l'image de sa propriétaire, terne et parfaitement entretenu.

– Souhaiteriez-vous un café ?

– Nous redoutons de vous importuner.

– Il faut lutter contre cette humidité, messieurs ; je suis réputée pour mon arabica.

Le petit salon Regency témoignait d'un certain luxe ; Drusilla Beargarden avait accumulé bibelots et souvenirs de l'Angleterre profonde, notamment des fers à repasser et des théières.

La secrétaire du défunt Lord ne s'était pas vantée ; son café méritait d'être bu.

– Au bureau, Lord David n'en supportait aucun

autre. De même pour le thé ; c'était moi, et personne d'autre, qui le lui préparais.

– Lui choisissiez-vous son sucre ?

– Non, il était livré par Fortnum and Mason.

Marlow pesta intérieurement ; la plus célèbre épicerie fine du royaume ne pouvait être mêlée au meurtre du gouverneur de la Banque d'Angleterre.

– Où le paquet était-il déposé ?

– À l'économat, inspecteur.

– Un endroit surveillé ?

– Pas particulièrement, pourquoi ?

– Sans importance.

Marlow lut dans la pensée de Higgins : n'importe qui pouvait avoir substitué un paquet contenant des sucres empoisonnés à celui qu'avait livré Fortnum and Mason. Connaître l'arme du crime ne permettrait pas de remonter à son utilisateur.

– Vous connaissiez bien Lord David Watercombe, mademoiselle.

– Il était un remarquable patron, inspecteur, et je l'ai servi aussi fidèlement que possible.

– Nul n'en doute, assura Higgins ; êtes-vous informée de l'existence d'un club de financiers du nom de Goldfare ?

Drusilla Beargarden fut troublée.

– Le club Goldfare... Oui, il s'y rendait de temps à autre.

– Vous a-t-il parlé des personnalités qu'il y rencontrait ?

– Oh non, inspecteur ! Nos conversations étaient strictement professionnelles, et jamais je ne me serais permis d'interroger Lord David sur quelque sujet que ce fût.

– Un enquêteur du nom de Paul Kneller vous aurait-il interrogée ?

– Moi ? Bien sûr que non, inspecteur.

– Est-il venu souvent au bureau de Lord David Watercombe ?

– Deux ou trois fois.

– L'avez-vous vu déposer un dossier orange ?

– Non, mais il se trouvait sans doute dans sa serviette noire. Je n'ai vu ce dossier que sur le bureau de Lord David.

– Ce dossier a disparu, mademoiselle.

– J'en suis navrée.

– Réfléchissez-bien, je vous en prie : Lord David Watercombe aurait-il pu le dissimuler quelque part ?

La secrétaire particulière réfléchit.

– Il rangeait les documents confidentiels dans son coffre après m'en avoir touché un mot.

Malheureusement la perquisition n'avait rien donné ; le coffre du défunt ne contenait que des dossiers ordinaires.

– Dans le cas présent, il aurait gardé le silence.

– Oui, inspecteur : aucune allusion à ce dossier orange.

– Qu'en concluez-vous, mademoiselle ?

– Je ne cesse d'y réfléchir et je suis très troublée. Je vous le répète, Lord David et moi gardions strictement nos distances mais, dans le domaine professionnel, il m'honorait de sa confiance. Je fus parfois la première informée de ses interventions, et il a pu constater mon absolue discrétion. S'il s'était méfié de moi, je l'aurais senti ; je ne vois qu'une solution : il s'agissait d'une affaire très personnelle qu'il ne voulait pas voir sur la place publique.

– Comment supportez-vous cette disparition ?

– Très mal, inspecteur ; travailler aux côtés d'un homme d'une telle envergure, c'était toute ma vie. Je fais le ménage trois fois par jour, je m'occupe du jardinet, je lis des romans sans intérêt... J'ai le sentiment d'être morte avec lui.

*
**

Dans le ciel bas, deux nuages se télescopèrent ; presque aussitôt, une violente ondée s'abattit sur les tôles de la vieille Bentley qui progressa courageusement dans les rues encombrées.

– Elle ne nous a rien appris, estima le superintendant.

– C'est selon, dit Higgins, énigmatique.

– Croyez-vous qu'elle ment ?

– En seriez-vous surpris, mon cher Marlow ?

– J'avoue que oui ; cette demoiselle très digne m'inspire confiance. Elle aimait son travail et respectait son patron ; n'y avait-il pas une réelle émotion, dans sa voix, lorsqu'elle a évoqué sa dispartion ?

– Je ne le nie pas.

– Pourquoi la soupçonnez-vous ?

– Qui était mieux placé qu'elle pour faire disparaître le dossier orange ?

– J'ai moi-même pensé à cette éventualité, mais je l'ai rejetée.

– Pour quelle raison ?

– Parce qu'aucun élément ne la relie de manière sérieuse à ce crime. Il est clair que Lord David Watercombe a été assassiné par un financier ou, du moins, par quelqu'un qui eût été impliqué dans le scandale de la banque Ryadis-Aoussidant.

– Raisonnement inattaquable, superintendant.

– Vous la jugez donc innocente ?

– Pour être tout à fait franc, oui.

Scott Marlow se sentit soulagé ; il n'eût pas aimé que cette charmante demoiselle, si stricte et si coquette en même temps, image parfaite de ce que devait être une Anglaise respectueuse des traditions, fût impliquée dans ce drame.

– Il existe un point obscur que je voudrais vous soumettre.

Le superintendant fut surpris ; il n'entrait pas dans les habitudes de Higgins de demander conseil. D'ordinaire, l'ex-inspecteur-chef gardait le secret le plus absolu sur ses déductions et nul n'aurait réussi à le faire parler.

– Selon Mlle Beargarden, Lord David Watercombe aurait été concerné de manière très personnelle par ce dossier orange ; nous savons à présent que c'est exact, puisqu'il était en contact, au club Goldfare, avec deux des protagonistes de cette affaire, l'enquêteur Paul Kneller et Oliver Gunnersbury.

– Autrement dit, avança Scott Marlow en prolongeant la pensée de Higgins, le défunt Lord aurait lui-même fait disparaître un dossier contenant des éléments qui auraient pu le gêner... C'est une hypothèse terrifiante, Higgins !

– La retiendriez-vous ?

Laissant la vieille Bentley poursuivre seule son chemin, le superintendant analysa les faits.

– Objectivement, non.

– Pour quelles raisons ?

– La réputation d'honorabilité et d'honnêteté de Lord David Watercombe ne me semble pas surfaite ; aucun indice ne nous incite à penser le contraire. Une personne de bien comme Drusilla Beargarden n'aurait pas hésité à nous confier ses doutes, si elle en avait eu. De plus, il est établi que Kneller menait bien une enquête sur l'ordre du gouverneur de la Banque d'Angleterre ; si ce dernier avait voulu étouffer l'affaire, pourquoi aurait-il été assassiné ? En fait, si Lord Watercombe a été gêné et a peut-être différé son intervention, c'est en raison des liens, même diffus, qui s'étaient noués au club Goldfare. Sans doute éprouvait-il quelque estime pour Gunnersbury, en raison de son appartenance à ce cercle très fermé ;

découvrir qu'il était sans doute un escroc, tout au moins un financier douteux, a dû beaucoup le perturber. Néanmoins, il avait pris la décision d'agir ; et c'est pour cette raison qu'il a été supprimé.

– Remarquable, superintendant ; à mon sens, votre analyse ne présente aucune faille. À présent, il nous faut retrouver la si jolie Cassandra.

CHAPITRE XII

Le téléphone narguait le superintendant ; certes, il lui suffisait de le décrocher pour convoquer une escouade d'inspecteurs et satisfaire les exigences de Higgins ; mais devait-il s'engager sur un chemin aussi dangereux ?

– Mais enfin, Higgins, imaginez-vous les conséquences de votre stratégie ?

– Nous devons interroger au plus vite cette Cassandra.

– Je n'en suis pas persuadé.

– N'est-elle pas la nouvelle maîtresse d'Omar Ahmed ?

– C'est probable, mais rien ne prouve qu'elle soit liée à l'affaire qui nous occupe. Il ne s'agit sans doute que d'une passade de ce milliardaire, avide de jolies femmes.

– Nous ne le saurons qu'après un entretien approfondi.

Marlow savait à quel point Higgins était têtu ; lui faire abandonner son idée ne serait pas une sinécure.

– Si je fais surveiller Omar Ahmed par mes hommes et s'il s'en aperçoit, il portera plainte contre Scotland

Yard, la presse s'emparera de l'incident, et j'aurai d'épouvantables ennuis.

– Le risque n'est pas négligeable, j'en conviens ; mais comment procéder autrement ? Nous ne pouvons nous contenter d'un prénom.

– Omar Ahmed ne saurait être coupable, Higgins ; il est trop intelligent et trop méfiant. Pourquoi l'importuner en perturbant sa vie privée ?

– Il me reste deux solutions, conclut l'ex-inspecteur-chef : soit patienter moi-même devant le domicile de M. Ahmed, attendre une visite de Cassandra et la filer, soit demander à M. Ahmed le nom de sa jeune maîtresse.

Comment faire face à un Higgins aussi déterminé ?

– Je ne souhaite pas vous mettre en péril, mon cher Marlow ; de mon côté, je ne risque rien.

Scott Marlow mit la main sur le combiné.

– J'assume, promit le superintendant ; ce n'est pas à vous de faire ce genre de travail.

– Inutile de déployer une armée ; un seul inspecteur expérimenté suffira. Qu'il se contente de noter le numéro de la voiture d'où descendra la jolie Cassandra, lorsqu'elle rendra visite à M. Ahmed ; ensuite, vos services découvriront son adresse, et nous interviendrons de la façon la plus discrète possible.

Le superintendant fut un peu rassuré.

– Vous n'exigez pas davantage ?

– Pas pour le moment ; un bon professionnel ne devrait pas être repéré. En cas de malheur, affirmez que votre inspecteur avait pour mission de protéger M. Ahmed. Après le meurtre du gouverneur, et tant que nous n'aurons pas arrêté l'assassin, ne considérez-vous pas qu'il est en danger ?

Cette vue de la situation convainquit Marlow, qui donna les ordres nécessaires.

– Vos services ont-ils obtenu la liste des clients de la banque Ryadis-Aoussidant ?

– Ce ne fut pas facile, mais l'intervention du ministère de l'Intérieur auprès du chancelier de l'Échiquier a été décisive ; comme Oliver Gunnersbury a été pris par surprise, les ordinateurs travaillent sur une liste exhaustive.

– Résultat des investigations ?

– Une superbe brochette de membres de la *Gentry* ; Oliver Gunnersbury avait rassemblé une clientèle très fortunée. Les recherches continuent.

– Avez-vous trouvé trace de Sir Sigismond Latersheep ?

– Pas sur cette liste, mais j'ai l'adresse de son bureau ; il dirige bien un énorme cabinet de placements. Jugez-vous utile de l'interroger ?

– Son témoignage peut être précieux.

Marlow estima que l'ex-inspecteur-chef perdait son temps à s'occuper de Cassandra et de Sir Sigismond Latersheep ; de toute évidence, ces personnages périphériques ne jouaient aucun rôle dans la tragédie qui les occupait. Pour une fois, une affaire criminelle se présentait de façon plutôt limpide : un lord intègre avait été assassiné parce qu'il comptait assainir le milieu financier et fermer une banque véreuse. Oliver Gunnersbury apparaissait comme un suspect idéal ; restait à établir la complicité éventuelle de Jane Richmond-Lambeth. Quant à Omar Ahmed, même s'il était le commanditaire du crime, il demeurait inaccessible ; seul Higgins oserait s'attaquer à lui, avec de minces chances de succès. Scott Marlow devait-il laisser son collègue s'engager dans une aventure aussi périlleuse ? Malgré son amour de la légalité et son désir de voir respecter la loi, il hésitait.

Le téléphone sonna ; le superintendant décrocha.

– Oui, c'est moi... la liste des clients de la banque Ryadis-Aoussidant ? Oui, j'écoute... Quel nom avez-vous prononcé ? Non, c'est impossible ! Vous en êtes sûr... Vous avez vérifié, il n'y aucune erreur possible... Bien, bien.

– Impossible, murmura le superintendant en raccrochant. Impossible...

– La banque Ryadis-Aoussidant aurait-elle accueilli un client peu fréquentable ?

– C'est le moins qu'on puisse dire ! Son plus gros compte est celui du dénommé Pancras.

– Le terroriste ?

– Lui-même ; il a accumulé des fonds considérables en provenance du Moyen-Orient et d'Amérique du Sud.

– N'est-il pas recherché par tous les services secrets occidentaux, y compris par le nôtre ?

– Ils ne rêvent que de lui mettre la main au collet et de l'envoyer croupir dans une prison ! On lui attribue une bonne trentaine d'attentats sanglants, et nul ne connaît le nombre exact de ses victimes.

– Amérique du Sud, avez-vous dit ?

– Higgins ! Vous n'y pensez pas...

– Bien sûr que si, superintendant. Oliver Gunnersbury et Omar Ahmed sont nos principaux suspects, ils sont respectivement directeur et propriétaire de la banque Ryadis-Aoussidant que Lord David Watercombe voulait fermer, et le terroriste Pancras est son principal client... N'est-il pas rare de disposer d'autant d'éléments concordants ? Une simple enquête de routine permet déjà de reconstituer le puzzle.

– N'allez pas trop vite, Higgins...

– Supposez que Pancras soit à Londres ; n'en aurait-il pas profité pour déposer une nouvelle somme d'argent à la banque Ryadis-Aoussidant et assassiner Lord David Watercombe avec le poison exotique qu'il s'était procuré en Amérique du Sud ?

– Sa spécialité est l'explosif, pas le poison.

– Exact, superintendant, mais cette objection suffit-elle à le disculper ?

– Il n'a quand même pas osé résider en Angleterre !

– Pourquoi pas ? Il y a bien déposé une partie de sa fortune.

– Imaginez-vous le scandale ? Non, Higgins, c'est impossible... Pancras n'a pu commettre pareille imprudence.

– Disposez-vous d'une photographie fiable ?

– Oui, un portrait que n'ont jamais publié les journaux et qui nous avait été remis, il y a quelques années, lorsque Pancras avait été reconnu responsable d'un attentat en plein cœur de la capitale.

– Faites-le rechercher.

– C'est la tâche de nos services secrets !

– Pancras devient notre premier suspect, superintendant ; il est sans doute impliqué dans un crime commis sur le territoire anglais. C'est à nous de l'interroger.

Scott Marlow pria le ciel de lui éviter le pire, à savoir la présence de Pancras en Angleterre. Mais il ne serait pas dit qu'un superintendant de première classe n'avait pas affronté la réalité et rempli les devoirs de sa charge. Higgins avait raison : c'était à Scotland Yard de mener l'enquête, sans se préoccuper des risques encourus. Sinon, n'importe quel agitateur considérerait le royaume comme un territoire conquis.

Marlow n'avait pas imaginé que le meurtre du gouverneur de la Banque d'Angleterre l'entraînerait aussi loin ; mais il ne reculerait pas. Si Pancras avait bien commis un crime abominable et s'il résidait à Londres, il devait être arrêté par la police de Sa Majesté.

Le superintendant mit en route une lourde machinerie ; le département des affaires criminelles du Yard mettrait tout en œuvre pour « loger » le suspect et l'interpeller. Chacun connaissait la capacité de nuire du terroriste, le maximum de précautions serait pris.

Cette entreprise, ô combien aléatoire, remplissait Marlow d'une fierté certaine ; en ces temps de déliquescence et de compromission, le Yard ne renoncerait pas à lutter contre la criminalité. Il y allait de la survie même de la civilisation.

Higgins et Marlow déjeunèrent sur le pouce dans un pub proche du Yard, se contentant d'une viande grillée, d'un *apple pie* et d'une bière brune.

– Désirez-vous encore interroger Sir Sigismond Latersheep et cette Cassandra dont nous ignorons l'identité complète ?

– J'aime le travail bien fait, superintendant.

– Cette démarche n'apparaît plus très utile ; même s'il n'a rien de réjouissant, le mécanisme du crime semble élucidé. Lord David Watercombe a eu le malheur de tomber sur une banque qui abritait le trésor de guerre d'un terroriste.

– Ne conviendrait-il pas de lancer un mandat d'arrêt contre Oliver Gunnersbury ? Même si, pour lui, l'argent n'a pas l'odeur du sang, il se devait de signaler son origine.

– Excellente idée ; l'immoralité de ce personnage mérite un châtiment exemplaire. Mais il risque d'entraîner dans sa chute Jane Richmond-Lambeth, qui s'est montrée fort imprudente.

– À propos de Paul Kneller, un détail ne vous surprend-il pas ?

– Il aurait dû remarquer le nom de Pancras, n'est-ce-pas ? Mais sans doute n'a-t-il pas eu accès à la liste des clients. N'oubliez pas que, même pour le Yard, ce fut une opération difficile.

– L'explication est satisfaisante.

Au début de l'après-midi, la pluie avait cessé ; néanmoins, de lourds nuages noirs, qui se mouvaient avec une certaine élégance dans le ciel de Londres, annonçaient une averse imminente.

Sur le bureau du superintendant, une note administrative signée par l'un des adjoints du grand patron de Scotland Yard ; stupéfait, Scott Marlow la lut et la relut.

– On m'interdit d'enquêter sur le compte de Pancras, avoua-t-il à Higgins.

CHAPITRE XIII

Tout au long de sa carrière, Higgins n'avait jamais accepté l'intervention d'un pouvoir extérieur dans une enquête criminelle, fût-il représenté par le grand patron du Yard en personne. Aussi, devant le désespoir du superintendant, refusa-t-il d'abdiquer.

L'ex-inspecteur-chef tenta de remonter le moral de son collègue en lui assurant qu'il disposait d'un certain nombre d'armes qu'il comptait bien utiliser.

– Inutile, Higgins ; nul ne peut lutter contre la hiérarchie administrative. Pour la forme, je rédigerai une note de protestation ; vous pouvez rentrer chez vous, à The Slaughterers.

– Hors de question.

– J'apprécie votre attitude, mais notre lutte est celle du pot de terre contre le pot de fer.

– En apparence, peut-être ; vous êtes trop exposé pour intervenir, ce qui n'est pas mon cas.

– Nous nous sommes approchés d'un trop gros morceau, Higgins ; les services secrets sont intervenus sans tarder. Ne vous frottez pas à ces gens-là, ils sont dangereux et revanchards.

– Nous verrons bien.

– Au nom de notre vieille amitié, Higgins, renoncez.

– Au nom de notre vieille amitié, mon cher Marlow, je sais que vous ne souhaitez pas renoncer à la vérité et à la justice.

*
**

Le somptueux bureau de Watson B. Petticott était un havre de paix au cœur de la City, dont l'agitation et le bruit semblaient lointains, presque irréels. Le banquier marchait de long en large, le visage grave ; Higgins était assis sur un fauteuil de cuir fauve à haut dossier.

– Tu as obtenu des résultats remarquables, Higgins.

– Oui et non, Watson, puisque mon enquête est bloquée.

– Le gouverneur n'est pas mort pour rien ; la banque Ryadis-Aoussidant sera fermée après indemnisation de ses clients honnêtes et son directeur inculpé pour quantité de motifs graves.

– Maigres satisfactions, si d'autres responsables échappent au châtiment ; de plus, je ne suis pas certain d'avoir découvert l'entière vérité. Ta propre enquête risque d'être faussée et inadaptée.

– J'en conviens ; qu'attends-tu de moi ?

– Que tu interviennes en haut lieu, voire en très haut lieu, pour me permettre de rencontrer un fonctionnaire autorisé à aborder le cas Pancras.

– Crois-tu que la City soit en danger ?

– Possible.

– Ce terroriste est-il coupable, à ton avis ?

– Qu'il n'ait joué aucun rôle dans cette affaire

semble improbable ; s'il réside en Angleterre, pourquoi est-il en liberté ? La simple présence de son argent sur un compte de la banque Ryadis-Aoussidant te posera un problème insoluble. Mon but, outre l'arrestation du criminel, est de t'éviter des ennuis, ainsi qu'au superintendant Marlow ; aide-moi à monter en première ligne et à dégager le chemin.

– Ne t'exposes-tu pas de manière inconsidérée ?

– Je suis un paisible retraité, Watson ; me croirais-tu capable de faire trembler les services secrets ?

– Je ne jurerais de rien.

– Que penses-tu de mon plan ?

– Si je ne le mettais pas en application, tu en appelerais à la reine.

– En effet.

– M'accordes-tu quelques heures ?

– Tu pourras me joindre au Connaught.

*
**

Peu après vingt-et-une heures, Higgins fut prévenu qu'un M. John Smith le demandait à la réception du Connaught ; l'ex-inspecteur-chef le fit monter dans sa chambre.

L'homme ressemblait à n'importe quel haut fonctionnaire discret, effacé et terne ; dans la rue, personne ne l'aurait remarqué, et le meilleur physionomiste eût éprouvé grand-peine à le décrire, tant il manquait d'originalité. Mais son regard était d'une acuité peu commune ; sans nul doute, l'homme était habitué aux discussions ardues, aux débats truqués et aux négociations piégées.

– Heureux de vous rencontrer, inspecteur Higgins ;

votre réputation est parvenue jusqu'à moi. Dans le monde où nous vivons, arrêter des assassins n'est pas toujours très facile.

– Je suppose que votre administration apprécie l'ombre et le silence.

– N'est-ce pas une condition nécessaire pour réussir, en certaines circonstances ? Le mal prend parfois des formes tortueuses. Je le combats, tout comme vous.

– Mes félicitations.

– Elles me vont droit au cœur.

– Ne les prenez quand même pas pour un blanc-seing.

– Je m'en garderais bien.

– Les circonstances ne s'y prêtent guère, mais peut-être accepteriez-vous un verre de champagne ? Celui que propose cet hôtel est excellent.

– Je bois très peu, d'ordinaire, mais de quoi demain sera-t-il fait ?

– Êtes-vous pessimiste ?

– Je ne suis pas payé pour voir le monde en rose ; puisque j'ai la chance d'être en compagnie d'un honnête homme, ce qui m'arrive rarement, je peux m'offrir un verre de champagne.

Higgins servit son hôte.

– C'est votre administration, semble-t-il, qui est intervenue pour empêcher le superintendant Marlow de rechercher Pancras.

– Si je vous répondais par la négative, me croiriez-vous ?

– Ai-je l'air si naïf ?

– Comprenons-nous : nous aurions pu en rester là, apprécier ce champagne, évoquer les caprices du temps... Mes supérieurs m'avaient prévenu : vous êtes un homme obstiné et difficile à convaincre.

– Tout dépend des arguments que l'on me propose.

– Sachez que, comme vous, nous déplorons la mort

de Lord David Watercombe ; c'était un homme remarquable et un grand gouverneur. Aucune tache ne souille sa longue et brillante carrière ; sa mémoire, à juste titre, sera célébrée avec éclat.

– Comment son âme connaîtrait-elle la paix, si son assassin n'est pas identifié et arrêté ?

– Noble pensée, inspecteur, mais vous êtes capable de mener à bien cette enquête.

– Toute enquête est un difficile combat qui n'est jamais gagné d'avance, surtout lorsque ceux qui devraient être vos alliés vous empêchent de progresser.

– Chacun son métier, inspecteur.

– Je suspecte Pancras d'avoir participé, directement ou indirectement, à l'assassinat du gouverneur de la Banque d'Angleterre.

– Pancras est un terroriste de l'espèce la plus féroce et la plus redoutable.

– Je suppose que vos services le recherchent dans le monde entier.

– Comment en serait-il autrement ?

– Malgré les moyens dont vous disposez, ignoriez-vous qu'il alimentait un compte à la banque Ryadis-Aoussidant, ouvert au nom de Pancras, comme s'il était un client ordinaire ?

– La réponse est difficile à fournir.

– Vous me surprenez.

– Je suis sûr que non, inspecteur Higgins.

– Donnez-moi la raison pour laquelle vous autorisez un terroriste à entrer en Angleterre et à y déposer des sommes considérables, dont l'origine est plus que douteuse.

– La bonne pratique de notre métier exige parfois quelques... accomodements avec la morale courante.

– Oliver Gunnersbury appartient-il à vos services ?

– Non, inspecteur.

– Il n'a donc pas agi sur vos ordres.

– Certes pas.

– Comptez-vous le protéger, lui aussi ?

– En aucune manière.

– Auriez-vous demandé à Pancras de supprimer Lord David Watercombe ?

– Contrairement à mes supérieurs, j'étais persuadé que vous oseriez poser cette question.

– Oserez-vous y répondre ?

– Jamais nous n'avons donné cet ordre, et nous ignorons qui a assassiné le gouverneur ; est-ce également votre cas ?

– Pour le moment, oui.

– Pancras n'avait aucune raison de s'attaquer à lui.

– Permettez-moi d'en douter ; les enquêtes criminelles ne font pas partie de vos spécialités, me semble-t-il ?

– Vous devriez mieux apprécier la situation, inspecteur ; il serait préférable que Pancras demeurât hors de votre champ d'investigation. Pour de multiples raisons, dont la moindre n'est pas la raison d'État, Pancras est devenu un pion utile sur notre échiquier.

– Autrement dit, il réside actuellement à Londres.

– Conclusion bien hasardeuse.

– Simplement logique.

– Vous admettrez qu'il m'est impossible de confirmer ou d'infirmer.

– Non, je ne l'admets pas.

– Jusqu'à présent, inspecteur, la courtoisie a présidé à notre entretien.

– À l'impossible, nul n'est tenu.

– Il se fait tard ; je vais être obligé de vous quitter.

– Pas avant de m'avoir donné l'adresse de Pancras.

– Vous m'en demandez trop, inspecteur ; je suis allé aussi loin que possible.

– Vous vous sous-estimez.

– Soyez raisonnable et oubliez Pancras.

– Ma mémoire est le carnet noir sur lequel je prends

des notes, et le nom de Pancras y figure : impossible de l'effacer.

– Votre obstination n'est pas une légende, mais je redoute que vous ne vous heurtiez à trop forte partie.

– J'ai souvent entendu cette mise en garde, mais je n'en ai pas tenu compte.

– Cette fois, il vous faudra baisser pavillon.

– Je n'en ai pas l'intention.

– On m'a chargé de trouver un accord, inspecteur.

– Louable intention.

– Que proposez-vous, dans l'ordre du raisonnable ?

– Que vous me laissiez interroger Pancras et mener mon enquête comme s'il était un citoyen ordinaire.

– Vous avez compris, je suppose, que nous utilisons ce personnage à des fins... comment dirais-je... « diplomatiques » ?

– Votre stratégie ne me concerne pas ; le superintendant Marlow et moi-même avons pour mission d'identifier l'assassin du gouverneur de la Banque d'Angleterre, quel qu'il soit ; ce que la justice, si elle existe, décidera ensuite, nous échappe.

– Si mon administration refuse d'accéder à votre demande, quelle sera votre réaction ?

– L'indépendance de Scotland Yard, même relative, est vitale pour le pays ; j'en appellerai donc à d'autres autorités.

– Par exemple à la presse ?

– Je vous laisse deviner.

– Je n'ose vous proposer une solution... financière.

– Vous faites bien.

– Mais enfin, M. Higgins, que recherchez-vous ?

– La vérité. Rien que la vérité.

L'homme se leva ; il n'avait pas bu une goutte de champagne.

– Je dois consulter mes supérieurs ; nous nous reverrons.

CHAPITRE XIV

La Bentley se dirigeait vers le quartier de Kensington où se trouvait le cabinet de placements de Sir Sigismond Latersheep ; pendant le trajet, Higgins relata à Scott Marlow l'essentiel de son entretien avec l'émissaire des services secrets.

– Ne vous faites aucune illusion, Higgins ; l'affaire sera enterrée.

– Je vous promets que non, superintendant.

– Pancras n'est pas un suspect normal.

– Du nouveau sur Cassandra ?

– Malheureusement non ; Omar Ahmed n'a reçu aucune visite de jeune femme.

L'hôtel particulier qui abritait le cabinet de Sir Sigismond Latersheep ressemblait à une ruche bourdonnante.

Une secrétaire guindée, du meilleur style, accueillit les deux policiers dans le hall en marbre blanc.

– Puis-je vous aider, messieurs ?

– Nous aimerions voir Sir Sigismond.

– Il est en rendez-vous à l'extérieur.

– Est-il néanmoins possible de le joindre ?

– Je crains que ce soit impossible.

– Scotland Yard a des questions urgentes à lui poser, murmura Higgins avec un bon sourire.
– Ah... Il est chez son tailleur, Sander Peele, dans Savile Row.

*
**

Savile Row, non loin de Bond Street, était considéré depuis des décennies comme La Mecque des tailleurs. Comme l'écrivaient les dandys du XIXe siècle, l'essayage était un moment grave, quasiment religieux, qui nécessitait l'intervention de professionnels hautement qualifiés, travaillant au millimètre et introduisant dans des cabines feutrées d'illustres têtes couronnées qui contemplaient, dans de hautes glaces, les chefs-d'œuvre du savoir-faire britannique. Nul tailleur, bien entendu, ne donnait les noms de ses clients ; le bouche à oreille suffisait à assurer la réputation internationale de Savile Row.

Marlow et Higgins trouvèrent sans peine l'échoppe de Sander Peele, lui-même vêtu d'un superbe costume bleu nuit et presque toujours présent dans sa petite boutique où officiait un maître coupeur d'une soixantaine d'années, à la main très sûre et aux paroles rares.

L'ex-inspecteur-chef salua le propriétaire, qui nota aussitôt que son interlocuteur était correctement habillé.

– Nous aimerions avoir un entretien avec Sir Sigismond Latersheep.
– Messieurs, c'est extrêmement délicat...
– Scotland Yard.

Sander Peele demeura très digne.
– Grave ?

– Non, un simple entretien.
– Je vais voir.
Le tailleur disparut du côté des cabines d'essayage et réapparut quelques instants plus tard.
– Sir Sigismond accepte de s'entretenir avec vous.
Les deux policiers entrèrent dans un vaste salon au centre duquel se tenait un homme de taille moyenne d'une cinquantaine d'années, affligé d'une grosse verrue sur la joue droite. D'allure jupitérienne, il faisait aussitôt songer à un bon vivant, attaché aux plaisirs de l'existence. Le maître coupeur, impassible et concentré, préparait un futur costume gris perle dont il vérifiait chaque détail avec une extrême lenteur.
– Venez, messieurs ! Vous êtes de Scotland Yard, paraît-il ?
– Voici le superintendant Marlow, je suis l'inspecteur Higgins.
– Votre nom ne m'est pas inconnu... N'êtes-vous pas un redoutable chasseur de criminels ?
– À la grâce de Dieu, Sir Sigismond.
– Pourquoi désirez-vous me voir ?
– Pour vous parler de Lord David Watercombe.
– Ah, ce cher et grandiose David ! Voilà trente ans que nous nous fréquentons et que nous nous détestons.
– Que vous vous détestez ? s'étonna Scott Marlow.
– C'est de notoriété publique, superintendant ; ce cher David est austère et puritain, ce qui n'est pas exactement mon cas. Ce qui nous unit, c'est le respect des règles déontologiques s'appliquant à ceux qui manient beaucoup d'argent. David est un excellent gouverneur de la Banque d'Angleterre, et je suis un as des placements en toute légalité. Performance exceptionnelle, vous l'avouerez !
– Quelle est la cause de vos différends ?
– La vie, superintendant, la vie ! David ne songe

qu'au travail, à la respectabilité et à la grandeur de l'institution qu'il dirige ; moi, j'aime m'amuser. Pourquoi gagner tant d'argent, si ce n'est pour le dépenser à de bonnes tables et en galante compagnie ? Ma morale déplaît fortement à David qui me considère comme un débauché et tente, en vain, de me ramener sur l'ennuyeux sentier de la vertu. Nos discussions sont homériques ! Le ton monte, parfois, et chacun s'enracine un peu plus sur ses positions... Mais nous restons quand même en bons termes.

Le coupeur et le tailleur se préoccupaient de l'extrémité supérieure droite de la manche gauche ; aucune approximation ne serait tolérée.

La figure joviale de Sir Sigismond Latersheep s'assombrit.

– Je parle, je parle... Mais pourquoi venir évoquer chez mon tailleur mes querelles avec David ?

– Nous avons une triste nouvelle à vous apprendre, déclara Higgins.

– Triste... Que voulez-vous dire ?

– Lord David Watercombe est décédé.

– Lui, décédé ? Mais il avait une santé de fer !

– Il a été assassiné dans son bureau de la City.

Comme s'ils n'avaient rien entendu, le coupeur et le tailleur continuaient à œuvrer avec méticulosité.

– David, assassiné... Mais par qui et pourquoi ?

– Nous sommes chargés de répondre à ces questions.

– Les journaux sont restés muets !

– La nouvelle sera rendue officielle demain matin.

– David assassiné... Mais ça n'a aucun sens ! Il était l'un des hommes les plus respectés du royaume, personne n'avait rien à lui reprocher.

– Connaissez-vous un dénommé Paul Kneller ?

– Très bien ; c'est le meilleur inspecteur de la Banque centrale. Un type droit, compétent, intègre, ambitieux, très travailleur et redouté de tous les arnaqueurs du milieu financier. Il a épinglé un bon nombre de fraudeurs à son tableau de chasse, comme s'il se sentait investi d'une sorte de mission sacrée ; le voir apparaître signifie que l'on va avoir de sérieux ennuis, si l'on a triché.

– Vous nous décrivez un véritable incorruptible.

– Je crois qu'il l'est ; il ne boit pas, mène une existence très régulière et ne vit que pour son travail. Le respect de la loi, en matière de finances, est sa religion. Il est heureux que l'Angleterre donne encore naissance à des hommes de cette trempe ; sinon, la City se transformerait vite en un véritable marécage.

– Dois-je conclure que vous n'avez jamais eu à subir ses investigations ?

Sir Sigismond éclata de rire, interrompant un instant le travail du coupeur.

– Grâce au ciel, non ! Ma modeste affaire est un modèle de probité et aucune plainte n'a été émise contre elle !

Higgins prenait quelques notes dans son carnet noir ; dès que possible, il taillerait son crayon, de manière à ce que son écriture demeurât fine et rapide.

– Saviez-vous que Peter Kneller menait une enquête pour le compte du gouverneur de la Banque d'Angleterre ?

– En soi, ça n'a rien d'étonnant.

– Je veux parler d'une enquête très confidentielle et dont l'objet était d'une importance exceptionnelle.

– Non, je n'étais pas au courant ; David ne m'en avait pas soufflé mot. Rien de plus logique, en vérité, si cette enquête ne devait pas être éventée. David privilégiait toujours les exigences de sa charge ; l'amitié ne perturbait pas son jugement.

– Dans la City, aucune rumeur ?

– À quel propos ?

– Une banque.

– Une banque en difficulté ?

– Non, coupable de malversations.

– Vous allez fort, inspecteur !

– Tel était pourtant l'objet de l'enquête de Paul Kneller.

– Vous imaginez le scandale...

– Lord David Watercombe l'imaginait de manière précise ; grâce aux éléments qui lui furent remis, il s'était forgé une opinion très précise et comptait formuler de graves accusations.

– Contre qui ?

– La banque Ryadis-Aoussidant.

– Ah... Ça devait être sérieux.

– Pourquoi cette remarque ?

– Parce que cet établissement financier avait, depuis quelque temps, une réputation un peu sulfureuse ; son directeur, Oliver Gunnersbury, attirait l'attention plus ou moins bienveillante de ses confrères, en raison d'une activité particulièrement intense.

– Éprouvez-vous des soupçons sur son honorabilité ?

– Moi ? Pas le moindre ! Je travaille avec des dizaines de banquiers et je les prends tels qu'ils sont.

Tailleur et coupeur s'attaquèrent au col de la veste.

– Vous êtes un fin observateur de la vie financière de la City, avança Higgins.

– N'exagérons rien.

– J'aimerais connaître votre véritable opinion sur M. Gunnersbury.

CHAPITRE XV

Sir Sigismond Latersheep ne broncha pas.

– Bon... J'avoue que je n'aime pas beaucoup ce Gunnersbury. J'apprécie l'argent et je suis heureux d'en gagner beaucoup, mais lui en fait une idole ; s'enrichir est son obsession, et il ne m'étonne pas qu'il soit peu regardant sur les moyens à utiliser pour y parvenir. C'est le drame de beaucoup de nouveaux riches : ils s'habituent mal à la fortune que le destin leur accorde, et ils en veulent toujours trop ; jamais ils ne réussissent à combler les manques dont ils ont souffert dans leur jeunesse. Gunnersbury n'est pas très intelligent, mais besogneux et acharné ; à force de travail, il s'est élevé dans l'échelle sociale et a atteint le poste inespéré de directeur de banque. D'autres que lui s'en seraient contentés ; mais Gunnersbury peut-il se contenter de quelque chose ? Quand il aura dix milliards de livres sterling, il en voudra vingt ; c'est pourquoi diriger une banque ne lui suffit pas. Pourtant, être à la tête d'un établissement financier aussi performant en aurait comblé plus d'un.

– Selon vous, Oliver Gunnersbury était-il prêt à tout pour s'enrichir ?

– Je ne dirais pas ça ; malgré son avidité, il reste

prudent et se présente comme un financier honnête, respectueux des lois.

– Peter Kneller le place au premier rang des suspects.

– Ennuyeux pour lui...

– Surtout après la mort violente de Lord David Watercombe.

– Vous ne pensez quand même pas que Gunnersbury a pu...

– À ce stade de l'enquête, aucune hypothèse ne saurait être exclue.

– Dans le monde de la finance, on se tue de façon très technique, inspecteur, et l'on n'a pas recours à l'élimination physique.

– Lord David Watercombe est bien mort.

– L'assassinat est-il prouvé ?

– Il ne fait aucun doute, Sir.

– Si la banque de Gunnersbury était en péril, il a peut-être réagi dans un coup de folie... Non, je ne peux y croire. On ne devient pas criminel, même lorsque votre situation matérielle est menacée.

– Il n'est pas seul en cause.

– Je vois, murmura l'investisseur.

– Pourriez-vous être plus clair ? suggéra Higgins.

Le tailleur recula pour apprécier l'ensemble formé par le col et les deux manches ; peu satisfait, il montra au coupeur les retouches indispensables.

– Vous pensez à Omar Ahmed, n'est-il pas vrai ?

– Exact, Sir.

– Si je le connais, celui-là ! Un drôle de corps. Plus futé, vous ne trouverez pas ; aucun chasseur ne réussira à attraper ce gibier-là, surtout qu'il est lui-même un chasseur expérimenté et impitoyable. Mais quel sacré noceur ! Nous avons fréquenté ensemble les meilleures boîtes de nuit de Londres et vidé un nombre incalculable de bouteilles de champagne. Omar

Ahmed tient bien l'alcool, et ce n'est pas la moindre de ses qualités.

– N'est-il pas critique envers l'Occident en général et l'Angleterre en particulier ? interrogea Scott Marlow.

– Il nous hait ! Mais ça ne l'empêche pas de profiter de nos bons côtés et de jouir des plaisirs qui lui sont offerts. C'est sa morale, à lui : prendre ce qui est à prendre.

– Comme la banque Ryadis-Aoussidant, par exemple.

– Ah... Vous savez donc qu'il en est propriétaire.

– Paul Kneller considère que M. Ahmed est impliqué dans les malversations qu'aurait commises le directeur de sa banque.

Sir Sigismond Latersheep fit la moue.

– Omar Ahmed se laissant prendre dans un tel piège... J'en doute.

– Les hommes les plus astucieux commettent parfois des erreurs grossières.

– Ce n'est pas faux, inspecteur ; vous connaissez bien la nature humaine.

– Nul ne peut se vanter de l'avoir totalement explorée.

– Un faux pas d'Omar Ahmed, avec sa propre banque... Ça ne manquerait pas de piquant ! Jusqu'à présent, je n'avais à lui reprocher que son attitude envers les femmes. Être cruel à ce point-là, ça me gênait un peu ; pour Omar, elles appartiennent à une classe inférieure. Il les attire par son élégance, sa classe et sa gentillesse apparente, puis révèle son vrai caractère cynique et brutal.

– À votre avis, est-il capable de supprimer quelqu'un qui le gênerait ?

– Votre question, inspecteur...

– Auriez-vous l'obligeance de répondre ?

Pendant que le coupeur achevait une retouche

particulièrement délicate, Sir Sigismond Latersheep réfléchit.

– Oui, estima-t-il, Omar Ahmed est capable d'accomplir un acte comme celui-là. Ce n'est qu'une opinion très personnelle, notez-le bien, et nullement un fait avéré. Je tenais à être sincère, mais j'énonce peut-être une contre-vérité, voire une absurdité. Pour être tout à fait sincère, je suis persuadé qu'Ahmed ne porte aucune responsabilité dans cette affaire.

Higgins consulta son carnet noir.

– Peter Kneller soupçonne une troisième personne d'être mêlée aux malversations financières de la banque Ryadis-Aoussidant : Jane Richmond-Lambeth, cadre dans une société de courtage en valeurs mobilières.

Sir Sigismond Latersheep ouvrit de grands yeux étonnés.

– Quel nom avez-vous prononcé ?

– Jane Richmond-Lambeth.

– Cette chère Jane, cette très chère Jane mêlée à un scandale financier ! Quelle gaffe, quelle énorme gaffe ! Elle doit faire une de ces têtes, Jane la surdouée... Elle, la finance faite femme, capable de résoudre n'importe quel problème et d'en remontrer à n'importe quel spécialiste. Je lui ai souvent conseillé d'être moins ambitieuse et d'oublier un peu son travail, mais en pure perte.

– Elle aussi, vous la connaissez bien.

– Jane est mon ex-femme, inspecteur.

– Nous l'avons interrogée, elle ne nous en a rien dit.

– Pas étonnant ! Notre mariage fut un échec total, en grande partie à cause de moi ; Jane me plaisait beaucoup, l'allure, la classe, l'intelligence... Que demander de plus ? Je vais vous le dire, moi : la passion, la joie d'aimer, le délire des sens ! Des aspects de la vie que Jane ignore et ignorera toujours. Trop sérieuse, trop froide... Vous me comprenez, j'espère ?

Comme le tailleur et le coupeur, absorbés par leur tâche, avaient décidé de ne rien entendre, ils demeuraient imperturbables ; ce ne fut pas le cas de Scott Marlow, indigné par l'air grivois de Sir Sigismond. Comment un aristocrate fortuné pouvait-il sombrer dans une telle turpitude ?

– Saviez-vous que votre ex-femme travaillait beaucoup avec la banque Ryadis-Aoussidant ?

– Je l'avais un peu perdue de vue, je l'avoue ; si elle s'est rendue coupable d'une faute grave, tant pis pour elle.

– Vous en réjouissez-vous ?

– Non, mais j'avais peur que sa volonté de puissance ne la conduisît à un cul-de-sac ; hélas, je ne m'étais pas trompé.

Le col et les deux manches étaient ajustés à la perfection ; restait le dos de la veste dont l'amplitude devait correspondre aux mouvements de Sir Sigismond. À aucun moment, il ne devrait éprouver la moindre gêne.

– Il existe un détail important que vous avez omis de nous signaler.

– Je ne vois pas, superintendant.

– Le club Goldfare.

– Ah... Vous êtes au courant ? Qui a pu vous en parler... Jane, bien entendu !

– Pourquoi cette certitude ?

– Parce qu'elle a tenté de faire partie de ce cercle financier très fermé en forçant sa porte ; une manœuvre audacieuse, mais qui lui aurait permis d'obtenir de nouveaux clients.

– Elle a pourtant échoué.

– Un cercle très fermé, je vous l'ai dit.

– Qui s'est élevé contre sa candidature ?

– Eh bien... la majorité des membres.

– L'un d'eux en particulier ?

Sir Sigismond Latersheep hésita quelques instants.

– L'intervention de Lord David Watercombe fut décisive.

– Parlez-moi de ce club si discret, exigea Higgins.

– Est-ce bien nécessaire ?

– N'en doutez pas.

– Notre règlement intérieur nous impose... le secret.

– Scotland Yard vous autorise à le lever.

– Ça me gêne un peu...

– Ne soyez pas si timide, Sir Sigismond ; nous vous écoutons.

– Le club Goldfare est une association de professionnels de la finance qui font partie de l'*establishment* ; entre eux circulent un certain nombre d'informations confidentielles.

– C'est donc dans ce cadre que vous avez rencontré Lord David Watercombe, Paul Kneller et Oliver Gunnersbury.

– En effet.

– Beaucoup de discussions ?

– En fait, non, sauf avec David ; dans un club comme celui-là, on n'est pas obligé de se parler. Il est plus important d'y être vu, donc considéré et reconnu.

– L'apogée, pour Oliver Gunnersbury.

– Pour lui, insuffisant ; honneurs et considérations ne remplaçaient pas l'argent.

– La présence de Paul Kneller n'est-elle pas surprenante ?

– Non, puisqu'il est le meilleur dans sa spécialité ; par cette seule présence, justement, il garantissait l'honorabilité et la légalité de tout ce qui se déroulait au club.

– Un président ?

– Lord David Watercombe ; c'est vous dire que le club Goldfare prônait la rigueur morale.

– Ne souhaitait-il pas vous en exclure, en raison de votre comportement ?

– Oh, David ne serait pas allé jusque-là ! Il se serait contenté de me sermonner.

Le tailleur recula de trois pas ; sur ses lèvres, l'esquisse d'un sourire : l'œuvre s'annonçait superbe.

– Merci de votre coopération, Sir.

– Vous ai-je été utile, inspecteur ?

– Assurément. Une dernière question : avez-vous séjourné en Amérique du Sud ?

– Certes non ! Je déteste la chaleur et l'humidité.

– Félicitations pour votre costume, Sir ; il vous ira à merveille.

CHAPITRE XVI

Sur le bureau de Scott Marlow, le rapport de l'inspecteur chargé de surveiller le domicile d'Omar Ahmed. Une jeune femme brune, très belle, lui avait rendu visite, moins d'une heure, puis était repartie dans sa Rolls, conduite par un chauffeur. L'inspecteur l'avait suivie dans un taxi, le meilleur moyen de passer inaperçu. Le chauffeur avait déposé la jeune femme brune dans le New Square de Lincoln's Inn, ensemble d'immeubles construits entre 1685 et 1697, entre le Strand et High Holborn, à l'ouest de Chancery Lane. Les admirateurs de Dickens savaient qu'il avait travaillé là comme saute-ruisseau.

La jeune femme, d'après le rapport, avait gravi un perron de quatre marches aboutissant à une porte surmontée d'un fronton, et était entrée dans une demeure à trois étages. De la brique « noble », comme disaient les architectes, des fenêtres à petits carreaux réparties selon une géométrie rigoureuse, un toit surmonté d'une haute cheminée donnaient une belle allure, un peu triste, à la construction du XVIIe siècle.

La vieille Bentley de Scott Marlow se gara le long

du trottoir, entre deux lampadaires anciens. Une pluie fine faisait luire le macadam.

– Êtes-vous persuadé que cette démarche est indispensable, Higgins ?

– Sir Sigismond Latersheep, dont vous n'attendiez pas grand-chose, ne nous a-t-il pas fourni de précieuses indications ?

– Je vous le concède, mais cette Cassandra est liée à Omar Ahmed et Omar Ahmed est intouchable.

– Ne jurons de rien, superintendant.

Au troisième coup de sonnette, la porte s'ouvrit sur une soubrette en robe noire et tablier blanc.

– Pourrions-nous voir Mlle Cassandra ? demanda Higgins avec un bon sourire.

– C'est que... Mademoiselle est très occupée.

– Dites-lui que le superintendant Marlow et l'inspecteur-chef Higgins sollicitent un entretien.

– Scotland Yard ?

– Rien d'important, rassurez-la ; nous avons simplement besoin de son aide à propos d'une enquête.

– Bon... je vais voir. Vous voulez quand même entrer ?

– À votre gré.

– Bon... entrez et attendez dans le hall.

La domestique de Mlle Cassandra n'avait pas été formée dans une grande famille noble ; néanmoins, l'ex-inspecteur-chef la trouva sympathique. Au regard complice qu'elle lui adressa, il jugea qu'il avait une bonne chance de franchir l'obstacle.

De fait, une cavalcade dans l'escalier traduisait le succès de la brunette.

– Bien qu'elle soit très occupée, Mlle Cassandra Tyndal accepte de vous recevoir ; si ces messieurs veulent bien me suivre.

Moquette de laine gris perle, papier japonais aux murs, tableaux de petits maîtres anglais du XVIIIe siècle, lustres en cristal provenant de gentilhommières, mobilier Renaissance française... la demeure fleurait un luxe qui se voulait de bon ton.

La soubrette frappa à la porte de la chambre de Cassandra Tyndal.

– Vos visiteurs, mademoiselle.

– Faites entrer, ordonna une voix chaude, teintée d'un léger accent.

Scott Marlow eut le souffle coupé ; jamais il n'avait vu un pareil endroit.

Occupant une surface d'environ cent mètres carrés, la chambre de Cassandra Tyndal était un salon d'esthétique. Le lit rond, au centre de la vaste pièce, était entouré de cinq coiffeuses chargées de brosses, d'éponges, de pinceaux pour les lèvres ou pour ombrer les paupières, en poils de martre et de poney, de houppettes en coton destinées à appliquer les poudres de diverses couleurs, de boîtes de fards à joues et d'ombres à paupières, de bâtons de rouge à lèvres, de peignes en écaille de tortue, de flacons de parfums, et de quantité d'autres objets et substances plus ou moins exotiques.

Cassandra Tyndal achevait d'orner ses joues d'un fard à base de cannelle dorée.

– Vous êtes bien de la police, messieurs ?

– Pour vous servir, mademoiselle.

– Un superintendant et un inspecteur-chef... C'est beaucoup d'honneur ! Quel délit ai-je commis ?

– À ma connaissance, aucun.

– En ce cas, pourquoi cette visite inattendue ?

D'un geste vif de la main droite, Cassandra Tyndal congédia la soubrette qui ferma la porte de la chambre, et fit face aux policiers.

Elle était belle comme seule peut l'être une Orientale ; les cheveux noirs mi-longs, le visage parfait, les sourcils très fins, les yeux noirs mobiles et profonds, les lèvres épaisses et sensuelles, Cassandra Tyndal contemplait ses interlocuteurs avec un dédain affiché. Elle était vêtue d'un chemisier rose très ample, qui avait tendance à glisser sur les épaules et à découvrir une somptueuse poitrine que cachait un collier à cinq rangs de perles ; à la hauteur du nombril, un large nœud de taffetas fermé par un diamant. Aux deux poignets, trois bracelets d'ivoire. Un pantalon de soie verte s'arrêtait au-dessous du genou, dévoilant des jambes magnifiques.

– Votre question est plus compliquée qu'il n'y paraît, mademoiselle.

– Elle me paraissait pourtant fort simple.

– Pourrais-je connaître votre nationalité ?

– Suis-je obligée de vous répondre ?

– En aucune façon ; nous ne sommes que vos hôtes, et c'est vous qui mettrez fin à cet entretien dès que vous le souhaiterez.

Cassandra Tyndal parut satisfaite.

– Qu'il vous suffise de savoir que je réside à Londres depuis quelques mois.

– Notre capitale vous plaît-elle ?

– Elle a du charme, mais elle manque de soleil.

– Votre beauté doit faire de vous la reine de quantité de soirées londoniennes.

La jeune femme ne fut pas insensible au compliment.

– Les Anglais savent recevoir, c'est vrai.

– Avez-vous rencontré Lord David Watercombe ?

Elle posa l'index droit sur ses lèvres.

– Il me semble que je lui ai été présentée... Un homme très impressionnant, âgé d'environ soixante-dix ans, qui parle beaucoup de morale ?

– Ce doit être lui.

– Je me souviens ! Il est gouverneur de la Banque d'Angleterre.

– En effet.

– Je l'ai trouvé sentencieux, pontifiant et ennuyeux, mais quel bel homme ! C'est curieux...

J'aurais aimé avoir un père comme celui-là. Est-ce un crime de lui avoir déplu ?

– Lord David Watercombe a été assassiné, mademoiselle.

La nouvelle stupéfia la jeune femme.

– Mon Dieu, quelle horreur ! Mais pourquoi...

– Nous le découvrirons.

Choquée, elle s'assit sur son pouf.

– Je ne l'ai rencontré qu'une seule fois, dans une réception où il y avait des dizaines de personnes, et nous n'avons échangé que quelques mots.

– Pourtant, vous vous souvenez de lui.

– Oui, à cause de sa stature et de sa prestance, et de cette étrange façon de s'exprimer... Qui parle, aujourd'hui de devoirs, de scrupules et d'honnêteté ? Il était si désuet, si suranné, qu'il m'a touchée.

– Bien entendu, il ne vous a fait aucune confidence.

– Nous nous rencontrions pour la première fois ! Et ce n'était sûrement pas son genre.

– Le nom de Paul Kneller vous est-il familier ?

– Non, inspecteur ; il m'est tout à fait inconnu.

Higgins lui montra la page de son carnet où il avait dessiné le visage de Kneller.

– Avez-vous croisé cet homme ?

– Non, qui est-il ?

– Un enquêteur de la Banque centrale, chargé par Lord David Watercombe de mener de difficiles et de dangereuses investigations.

– Un scandale financier ?

– Si l'on veut. Êtes-vous cliente de la banque Ryadis-Aoussidant ?

– Non, vous pouvez vérifier ; c'est elle qui est en cause ?

– On ne peut rien vous cacher, mademoiselle.

– Comme la question viendra inévitablement sur le tapis, autant vous informer que je dispose d'une fortune personnelle, placée dans trois banques de la City honorablement connues ; avec mes revenus, je voyage beaucoup. Découvrir le monde n'est-il pas le privilège de la jeunesse ?

– L'Amérique du Sud fut-elle l'une de vos escales ?

– Le continent sud-américain vous fascinerait-il, inspecteur ?

– Disons qu'il m'intéresse.

– Comment ne pas adorer le Mexique, ses fêtes, son folklore, sa folie ? Mais j'apprécie également la Bolivie, et j'ai un penchant pour le Chili. Vous, avec votre capacité de séduction, vous devez être un familier du Brésil.

– Familier est un bien grand mot ; mes séjours là-bas furent trop brefs pour apprécier vraiment l'âme du pays.

– Vous ne meniez quand même pas une enquête sur les plages inondées de soleil où se promènent de splendides métisses court vêtues...

« Par moments », pensa le superintendant, « il vaudrait mieux être sourd. »

– Secret professionnel, mademoiselle.

Cassandra Tyndal se contempla dans un miroir à la feuille d'or et procéda à une légère retouche sur sa lèvre supérieure.

– Arrêtez-vous toujours les meurtriers, inspecteur ?

– Selon le *Manuel de criminologie* de M. B. Masters, le crime parfait n'existe pas ; l'échec d'une enquête provient de la négligence ou du manque d'intuition. Il existe forcément un fil, si ténu soit-il, qui relie l'assassin à sa victime.

– N'avez-vous jamais échoué ?

– J'ai souvent été proche de la défaite, mais la chance m'a servi.

– Dans la présente enquête, détenez-vous une piste sérieuse ?

– Ce n'est pas impossible ; seriez-vous révoltée par le sort qu'a subi ce vieux Lord ?

– Je vous l'ai dit, il m'a touchée.

– Et si nous parlions d'un autre aristocrate, Sir Sigismond Latersheep ?

CHAPITRE XVII

Cassandra Tyndal parut étonnée.

– Qui vous a dit que je connaissais Sigismond ?

– Lorsqu'on sort beaucoup, ce qui semble être votre cas, on ne saurait éviter l'un des princes des nuits londoniennes. Comme Sir Sigismond ne cache pas son attrait pour les jolies femmes, il a dû vous faire la cour.

Elle sourit, amusée.

– Vos déductions ne manquent pas de pertinence ; Sigismond est effectivement un joyeux compagnon avec lequel il est impossible de s'ennuyer. Il m'a fait connaître tous les endroits à la mode et m'a fait passer de merveilleux moments. Sa folie consiste à brûler la chandelle par les deux bouts ; il mange trop, il boit trop et oublie de ménager ses forces ; mais aucune mise en garde ne lui fera changer de mode de vie. Après tout, il a peut-être raison.

– Il est donc devenu un ami.

– Oui, inspecteur, répondit Cassandra Tyndal, farouche, presque furieuse ; un grand ami, et rien qu'un grand ami.

– Saviez-vous qu'il était très lié à Lord David Watercombe ?

– Il n'a pas évoqué cette amitié-là ; dans les endroits où nous nous amusions, c'eût été plutôt incongru.

– Dans ces endroits-là, précisément, vous avez dû rencontrer quantité de gens sympathiques et attirants.

Soudain mécontente de son maquillage, la jeune femme se repoudra, tournant le dos aux policiers.

– Oui et non, inspecteur... Les mondanités servent à s'étourdir, non à rechercher la personnalité d'autrui.

– L'un des meilleurs amis de Sir Sigismond est un financier international, Omar Ahmed ; que pensez-vous de lui ?

– Je ne vois pas de qui vous voulez parler.

– Un homme de soixante-cinq ans, petit, plutôt bedonnant, une moustache blanche, des lunettes en or, fin, cultivé, très brillant et séducteur en diable.

– Un vague souvenir, très vague...

– Sir Sigismond se montrait rarement sans lui ; si l'on en croit sa réputation, il a dû vous faire une cour effrénée.

– Vous vous trompez.

– Vous rappelez-vous au moins avoir conversé avec lui ?

– À peine... Nous avons dû échanger des banalités.

– Ne vous a-t-il pas invitée chez lui ?

– Bien sûr que non !

– Vous ignorez donc son adresse.

– Je m'en moque !

La voix de Cassandra Tyndal tremblait un peu.

Marlow pensait que Higgins exploiterait aussitôt ce mensonge ; mais l'ex-inspecteur-chef adopta une autre stratégie.

– Ignoriez-vous aussi les fonctions de M. Ahmed ?

– Je m'en moque, répéta-t-elle, rageuse.

– Je vous apprends donc qu'il est le propriétaire de la banque Ryadis-Aoussidant.

– Grand bien lui fasse.

– C'est cette banque, précisément, qui est suspectée de pratiques frauduleuses et de malhonnêtetés diverses.

– Pourquoi m'en soucierais-je ?

– J'avais un espoir, mademoiselle.

– Lequel, inspecteur ?

– Je supposais qu'Omar Ahmed avait tenté de vous séduire et qu'il vous avait parlé, même de manière indirecte, de ses affaires ou, mieux encore, de son animosité à l'égard de Lord David Watercombe.

– Eh bien, vous vous êtes trompé !

Le regard de Higgins se posa sur une table basse en marqueterie sur laquelle étaient posés une vingtaine de roses rouges et un collier mêlant l'or et le lapis-lazuli, que Higgins identifia comme une création de chez Leighton.

– Vous avez beaucoup d'admirateurs.

– Je reçois un certain nombre de cadeaux, je l'avoue, et je ne les refuse pas ; mais les admirateurs qui me prennent pour une femme facile sont bien déçus. On ne m'achète pas avec une parure, même de grande valeur, et quelques roses.

– Vous ne ressemblez pas à l'une des principales suspectes, Jane Richmond-Lambeth.

Cassandra Tyndal se retourna avec vivacité, comme si elle avait été piquée par un insecte.

– Elle, suspecte ?

– En tant que spécialiste du courtage en valeurs mobilières, elle était l'une des partenaires les plus actives de la banque Ryadis-Aoussidant.

– Ça ne m'étonne pas ! Cette femme est une voleuse assoiffée d'argent ; elle n'a ni vertu, ni morale. En Orient, on lui aurait déjà coupé les mains et les seins. Le mal l'a mis au monde, elle ne vit que pour faire le mal. Ne cherchez pas plus loin votre assassin : c'est elle, c'est cette Jane corrompue et vicieuse qui a tué Lord David Watercombe pour qu'il ne révèle pas ses turpitudes sur la place publique !

Le discours était si enflammé que Scott Marlow en fut ébranlé ; comme avocat de l'accusation, Cassandra Tyndal eût obtenu la tête de Jane Richmond-Lambeth.

– Où l'avez-vous rencontrée ? demanda Higgins.

– Je... je ne m'en souviens plus.

– Faites un effort, c'est très important.

Tout en achevant de se repoudrer, Cassandra Tyndal se concentra.

– Dans un cocktail où elle se pavanait devant une meute de financiers époustouflés par sa science et son intelligence. À trente-neuf ans, elle se croit encore irrésistible ! Combien d'heures passe-t-elle chez l'esthéticienne et la coiffeuse ? Cette Jane incarne tout ce que je déteste : l'arrogance, la corruption et le matérialisme. Elle est le prototype de la femme d'affaires que l'Occident aimerait tant imposer au monde entier, ce type de femme qui ne songe qu'à sa puissance personnelle et pourrit tout ce qu'elle touche.

Scott Marlow était à la fois troublé et scandalisé ; Jane Richmond-Lambeth n'était sans doute pas une oie blanche mais elle ne ressemblait pas à la créature satanique que décrivait Cassandra Tyndal.

– Combien de fois l'avez-vous rencontrée ? demanda Higgins.

La jeune femme hésita.

– Une fois... une seule fois.

– C'est bien peu, pour déclencher une telle aversion.

Cassandra Tyndal se rebella.

– Le coup de foudre, vous l'admettez ? Eh bien, ce fut un coup de haine ! Immédiat, total et irrésistible ! À son regard, à sa voix, à sa démarche, j'ai su tout de suite qui elle était et ce qu'elle voulait. Cette créature est un poison mortel.

– Vous en parlez comme d'une rivale.

Le regard de l'Orientale devint froid comme de l'acier.

– C'est une idée absurde, inspecteur. Tout à fait absurde.

– Pardonnez-moi, mademoiselle.

Ces excuses donnèrent satisfaction à Cassandra Tyndal ; elle parvenait à mater tous ses adversaires, Scotland Yard compris.

Higgins sembla gêné.

– J'hésite à vous poser une question délicate, mademoiselle.

– Laissez-m'en juge.

– Ces nombreux admirateurs, ces soirées mondaines, votre charme... Est-ce une fuite éperdue vers le bonheur ou êtes-vous fiancée ?

Elle sourit de manière étrange.

– À votre avis ?

– À mon avis, vous l'êtes, et il doit s'agir d'une grande passion.

– Bravo, inspecteur ! Votre intuition est assez remarquable... même si le terme de « fiancée » ne me convient guère !

Scott Marlow s'attendait au pire, mais la jeune Orientale demeura dans les limites d'une certaine décence.

– Une passion comme celle-là, vous ne pourriez pas la comprendre et vous la condamneriez, mais c'est la mienne, et je me moque du qu'en-dira-t-on.

– Vous avez bien raison.

– Seriez-vous amoral, inspecteur ?

– J'observe, je ne juge pas avant de comprendre ; sinon, je n'aurais pas arrêté beaucoup d'assassins. Est-ce que ce visage vous est familier ?

Higgins montra une nouvelle page de son carnet noir, sur laquelle il avait dessiné le visage d'Oliver Gunnersbury.

– Un dénommé Gunnerbur, Gunnerber..

– Gunnersbury.

– Gunnersbury, c'est ça ! Je ne suis pas prête de l'oublier.

– Vous aurait-il insultée ?

– C'est à peu près ça.

– Lors d'un cocktail, je suppose.

– Exactement. Il paradait avec une blonde stupide qui devait être sa femme et se présentait comme le financier du prochain millénaire, aux visions si exceptionnelles que la profession entière s'agenouillerait devant lui. Comme j'ai éclaté de rire parce que je le trouvais mal fagoté dans son costume coûteux, il s'est interrompu et m'a apostrophée, me demandant si je n'étais pas d'accord. Je lui ai répondu qu'un médiocre restait toujours un médiocre, même habillé par les meilleurs tailleurs, et qu'il se cantonnerait dans cette catégorie-là sans aucune chance d'en sortir. Il est entré dans une violente colère, et sa mégère apprivoisée l'a soutenue. Il a fallu que quelques gentlemen s'interposent pour empêcher ce Gunnersbury de me gifler et sa truie de m'arracher les yeux. J'ai rarement rencontré un personnage aussi grotesque et aussi suffisant.

– Il est le directeur de la banque Ryadis-Aoussidant.

– Non...

– Je peux vous l'assurer.

– En ce cas, il figure au premier rang de vos suspects !

– C'est la logique même.

– Et Jane Richmond-Lambeth était l'une de ses partenaires commerciales... Votre enquête est résolue, inspecteur ! Jane et Oliver sont maîtresse et amant ; quand ils ont su que Lord David Watercombe allait les jeter en prison, ils l'ont exécuté. À présent, ils peuvent continuer à voler autrui en toute impunité ! Ne les laissez pas faire, inspecteur.

– Comptez sur moi, mademoiselle.

CHAPITRE XVIII

Scott Marlow était perplexe. Réflexion faite, les affirmations passionnées de Cassandra Tyndal n'étaient pas aberrantes. Dans cet imbroglio financier de grande envergure, où des sommes considérables étaient en jeu, la complicité entre Oliver Gunnersbury et Jane Richmond-Lambeth n'avait rien d'invraisemblable. Se débarrasser du Lord encombrant et faire disparaître le dossier orange leur était apparu comme impératif.

Le téléphone de service installé dans la vieille Bentley fit entendre une sonnerie grêle.

Scott Marlow était demandé d'urgence à Scotland Yard.

*
**

L'homme effacé et discret, toujours aussi terne, refusa de s'asseoir sur l'une des chaises métalliques du bureau ultra-moderne de Marlow ; Higgins jugea que sa prudence n'était pas un vain mot.

– J'ai consulté mes supérieurs, révéla-t-il ; ils ont examiné avec bienveillance les propositions de l'inspecteur-chef Higgins.

– Jusqu'où s'étend cette bienveillance ?

– Nous vous autorisons à rencontrer Pancras et à bavarder avec lui.

– Le superintendant Marlow sera-t-il présent ?

– C'est impossible ; en tant que superintendant de première classe, il incarne l'autorité de Scotland Yard de manière trop voyante. Vous, c'est différent ; puisque vous êtes à la retraite, votre démarche peut être considérée comme... personnelle. Cette nuance évitera bien des complications et devrait vous satisfaire.

– M'imposez-vous les questions de l'interrogatoire ou le mènerai-je à ma guise ?

– Étant donné votre caractère, mes supérieurs ont opté pour la seconde solution... à condition, bien entendu, que cette entrevue n'ait jamais existé. Un simple entretien, rappelez-vous.

– Quelle que soit la dénomination que vous adoptiez, je tirerai les conséquences des réponses de Pancras.

– Une ligne plus diplomatique nous paraîtrait préférable.

– Si Pancras est innocent, dans l'affaire criminelle qui nous occupe, son dossier de terroriste restera entre vos mains ; sinon, il deviendra du ressort de Scotland Yard.

– Votre position est un peu tranchée, inspecteur ; pour vous inciter à davantage de conciliation, j'aimerais vous montrer un document qui, bien entendu, ne possède aucun caractère officiel.

De la poche intérieure de sa veste, l'homme des services secrets sortit une photographie.

Une salle de restaurant, plutôt chic. Deux hommes

à une table, qui discutaient en déjeunant. Bien que la photographie fût de qualité médiocre, on reconnaissait, sans erreur possible, Omar Ahmed et Pancras.

L'homme des services secrets fit disparaître le document dans la poche intérieure de sa veste.

– Pourquoi cette aide ? interrogea Higgins.

– Je l'ignore ; on m'a demandé de vous montrer cette photographie qui n'existe pas, je l'ai fait. Moi, je n'ai rien vu, et utiliser un argument quelconque à partir de ce cliché inexistant vous sera impossible.

Scott Marlow eut envie d'étrangler son collègue ; pourquoi les services secrets avaient-ils toujours tendance à compliquer ce qui aurait dû être simple ?

– Ceci étant, l'inspecteur Higgins accepte-t-il de rencontrer Pancras selon les conditions que nous fixerons ?

– Je n'ai pas le choix.

– Je vous emmène.

Marlow faillit demander à son collègue de refuser ; il ne serait pas le premier à disparaître parce qu'il empiétait sur un domaine qu'il n'aurait pas dû explorer. Mais le superintendant savait que Higgins ne reculait jamais devant le danger.

*
**

Un taxi emmena l'homme des services secrets et l'ex-inspecteur-chef jusqu'à Fenchurch Street, au cœur de la City, non loin du Monument. Le véhicule s'arrêta devant le perron d'une résidence à la façade très classique, d'un blanc lumineux ; de part et d'autre de la volée de marches qu'encadraient deux colonnes doriques supportant un fronton carré, des grilles en fer forgé. Devant chaque fenêtre, des bacs à pétunias et à giroflées.

Un petit immeuble tranquille, bien entretenu, qui devait abriter des hôtes paisibles et sans histoires.

À gauche de la porte, un bouton rouge, très discret ; l'homme des services secrets l'enfonça à deux reprises.

Un colosse vêtu comme un portier d'hôtel ouvrit la porte ; Higgins entra à la suite de son guide.

– Bien entendu, inspecteur, vous ne portez pas d'armes.

– Comme vous devez le savoir, je n'en ai jamais porté ; votre détecteur ne vous le confirme-t-il pas ?

– Venez, je vous en prie.

L'ex-inspecteur-chef traversa un hall très sombre, où dominaient des boiseries cirées, et fut introduit dans un salon rustique, meublé avec trois confortables fauteuils recouverts d'un tissu floral usé juste à point. Ils étaient disposés devant une cheminée en marbre vert sombre, parcouru de veines noires, surmontée d'un tableau représentant un juge perruqué. Quelques bougies éclairaient faiblement la petite pièce.

– Asseyez-vous, inspecteur ; M. Pancras ne va pas tarder.

Higgins admira les boiseries en acajou brésilien qui créaient une atmosphère intime et recueillie. Lorsqu'on guettait la venue d'un sanglier pendant des heures, attendre celle d'un terroriste pendant quelques minutes ne présentait guère de difficulté.

L'ex-inspecteur-chef, travaillant comme un vieil alchimiste, laissait les éléments de l'enquête s'accumuler dans l'athanor. Écartant les idées préconçues, il laissait la vérité s'élaborer d'elle-même. Soulever le voile des mensonges et des tromperies ne serait pas facile ; les fausses pistes ne manquaient pas et, sans son expérience, Higgins se serait engagé dans un cul-de-sac d'où il ne serait pas ressorti.

Comme les êtres humains étaient curieux ! S'ils avaient respecté la loi d'harmonie, ils auraient pu vivre heureux et en paix ; mais ils préféraient l'avidité à la bonté, plaçaient les tyrans au pinacle et s'entretuaient pour acquérir des biens passagers et dérisoires.

Un homme vêtu de noir s'assit sur le fauteuil, en face de Higgins. Ce dernier avait eu le temps d'apercevoir un athlète d'un mètre quatre-vingts, tout en muscles, les yeux cachés derrière des lunettes noires. Ce masque était parfait ; malgré son sens de l'observation, Higgins n'aurait pu décrire qu'un fantôme.

– Êtes-vous l'inspecteur Higgins ?

– Et vous, celui que l'on surnomme Pancras ?

– C'est bien moi.

Fluette, presque féminine, la voix du terroriste mettait mal à l'aise.

– Sachez que je suis protégé, inspecteur ; vous ne pouvez rien contre moi.

– Croyez-vous à la magie, monsieur Pancras ?

Le terroriste eut un haut-le-corps.

– Qu'est-ce que ça signifie ?

– Je n'ai aucun moyen légal d'agir contre vous, mais je peux faire appel à l'invisible.

– Ça ne veut rien dire.

– Je ne crois guère à la justice des hommes, mais il est possible que celle du ciel soit immanente.

– Vous n'avez pas d'autres inepties en magasin ?

– Seulement quelques questions à vous poser.

– Et si je refusais de vous répondre ?

– Je vous ferais emprisonner pour meurtre.

Le terroriste se leva.

– Vous divaguez !

– L'Angleterre est un curieux pays, monsieur Pancras ; les services secrets y sont aussi puissants qu'ailleurs, mais des hommes comme moi sont capables de perturber le système.

– Vous n'êtes pas sérieux.

– Détrompez-vous ; un simple inspecteur de Scotland Yard peut vous causer de très sérieux ennuis.

Pancras parut troublé ; il se rassit.

– Posez vos questions.

– Connaissez-vous un financier nommé Omar Ahmed ?

– Posez une autre question.

– Nous commençons mal, monsieur Pancras ; j'ai la preuve que vous avez eu des contacts avec lui.

– Pas de commentaires.

– Est-ce lui qui vous a recommandé de placer votre argent à la banque Ryadis-Aoussidant ?

– Pas de commentaires.

– Nous continuons mal, monsieur Pancras ; je n'ai pas de temps à perdre.

– Ma réponse est claire, bon sang ! Êtes-vous incapable de l'interpréter ? C'est quoi, votre preuve ?

– Une photographie, où l'on vous voit déjeuner avec Omar Ahmed.

– Un montage ; la police adore ça.

– Votre compte, à la banque Ryadis-Aoussidant, n'est pas un mirage ?

– Il est tout à fait légal.

– Vous êtes donc en contact avec Oliver Gunnersbury.

– Je ne traite qu'avec lui, puisqu'il est le directeur de la banque ; c'est un professionnel consciencieux. En fait, je ne l'ai vu que deux fois, pendant quelques minutes, le temps d'ouvrir mon compte, de lui indiquer la manière dont les fonds lui parviendront et de préciser la rentabilité de mes placements.

– Savait-il qui vous étiez ?

– Sans importance ; il était satisfait de recueillir de très grosses sommes qui augmentaient son chiffre d'affaires de façon significative.

– Connaissez-vous Jane Richmond-Lambeth ?

– Jamais entendu parler.

– Paul Kneller.
– Qui est-ce ?
– Un enquêteur de la Banque centrale.
– Ça ne me concerne pas ; je me moque des histoires de banquiers.
– Sir Sigismond Latersheep ?
– Inconnu.
– Vous n'allez jamais dans les boîtes de nuit ?
– Pas du tout mon style. En plus, pas très recommandé.
– Vous vivez ici, seul et sans femme ?
– Ça ne vous regarde pas ; plus de questions ?
– Le nom de Cassandra Tyndal vous est-il aussi étranger ?
– Complètement.
– Et celui de Lord David Watercombe ?
– Je ne fréquente pas les lords.
– Mais vous lisez les journaux.
– Et alors ?
– Le nom du gouverneur de la Banque d'Angleterre y est souvent cité.
– Ce n'est pas mon monde.
– À quoi occupez-vous vos journées, en Grande-Bretagne ?
– Ça ne se voit pas, inspecteur ? La forme ! Je maintiens la forme.

Le terroriste eut un rire strident et aigu, comme si ses nerfs lâchaient ; Higgins resta imperturbable.

– Avez-vous tué Lord David Watercombe ?
– Croyez-vous que je vous le dirais ?
– Pourquoi pas ? Vous n'hésitez pas à vous vanter de vos crimes, d'ordinaire.
– Je travaille pour de grandes causes, la libération des peuples et...
– Évitons les discours ; avez-vous assassiné le gouverneur de la Banque d'Angleterre ?

– Ça vous avancerait à quoi de le savoir ? J'ai bien envie de vous répondre : ni oui ni non.

Un sourire ironique anima les lèvres minces du terroriste.

– C'est fini, inspecteur ?

– Oui, monsieur Pancras.

– N'espérez pas m'interroger de nouveau.

– Ce ne sera pas nécessaire.

Le terroriste se leva.

– Une chose encore, intervint Higgins.

– Quoi donc ?

– La magie. Elle vous répondra, soyez-en sûr.

CHAPITRE XIX

– Entrevue inutile, déplora Marlow.

– Pas tout à fait, répondit Higgins, en déchirant une page de son carnet noir. Voici la silhouette de l'homme que j'ai rencontré. Grand, athlétique, vêtu de noir... Il peut être identifié par un œil expérimenté.

– Je ne comprends pas.

– Parncras n'est pas prisonnier de nos services secrets, mais utilisé par eux ; par conséquent, il se déplace.

– Je refuse de faire surveiller sa résidence ! Vous auriez les pires ennuis, Higgins.

– Je ne vous le demande pas.

– Que souhaitez-vous ?

– Faites interroger les directeurs des principaux gymnases de Londres ; ce sera peut-être un coup d'épée dans l'eau, mais nous avons une petite chance de vérifier une théorie en laquelle j'ai la faiblesse de croire.

– Pourquoi les gymnases ?

– Parce que Pancras entretient sa forme, superintendant.

– Cette hypothèse, Higgins...

Le téléphone sonna, empêchant l'ex-inspecteur-chef de répondre.

– Oui, Marlow... M. Gunnersbury ! Oui, c'est possible... Un instant.

Marlow boucha l'émetteur avec la paume de sa main droite.

– Gunnersbury veut nous voir de toute urgence.

– Normal ; au Ritz, dans trois quarts d'heure.

Le superintendant fixa le rendez-vous et raccrocha.

– Pourquoi « normal » ?

– Parce que Watson B. Petticott a repris les investigations techniques et sème la panique à la banque Ryadis-Aoussidant ; Oliver Gunnersbury est contraint d'être un peu plus prolixe.

– Qu'il nous ait menti par omission, c'est certain ; mais Cassandra Tyndall, elle, a menti de la manière la plus nette !

– N'avions-nous pas raison de vouloir l'interroger ? interrogea Higgins avec un sourire malicieux.

– Admettons, admettons... Mais pourquoi tant d'indulgence à son égard ?

– Rassurez-vous, mon cher Marlow, sa beauté ne lui vaudra aucun privilège. Ne faisons pas attendre M. Gunnersbury.

*
**

Non loin du palais St James, le Ritz demeurait l'un des cadres les plus chics de la capitale, résistant délibérément au progrès et à la barbarie pour conserver les traditions. Un maître d'hôtel en smoking s'avança vers les deux policiers.

– Inspecteur Higgins... Quel plaisir de vous revoir. Vous vous faites trop rare, ces temps-ci.

– Trop d'occupations, mon cher James.

– C'est un honneur pour moi d'accueillir de nouveau le superintendant Marlow.

Lors d'une enquête précédente, Higgins avait fait découvrir à Marlow le cadre luxueux où une clientèle huppée prenait le thé et dégustait pâtisseries et confitures. Les ors du plafond brillaient avec le même éclat, les colonnes doriques rappelaient l'aspect cérémonial des moments passés dans ce sanctuaire.

– Un certain Oliver Gunnersbury vous attend, révéla James, avec un léger mépris dans la voix ; je l'ai installé là où vous savez.

En un échange de regards, Higgins comprit que la présence de Gunnersbury ne plaisait guère à James qui avait préféré l'isoler dans un salon particulier donnant sur un jardin intérieur comportant, dans l'un de ses angles, une fontaine dorée. Le délicieux séjour n'était ouvert qu'à des hôtes très privilégiés ; les murs étaient recouverts de velours rose, des lambris dorés en forme de palme évoquaient une sorte de paradis à l'orientale. Des fauteuils Louis XV, au galbe parfait, étaient disposés autour d'une table basse en granit d'Assouan.

Gunnersbury, qui faisait les cent pas, se précipita sur les policiers.

– Enfin, vous voilà !

– Bonjour, monsieur Gunnersbury, dit Higgins, paisible ; serions-nous en retard ?

– Non, mais chaque minute passée loin de ma banque me met en péril !

– Que se passe-t-il ?

– La Banque d'Angleterre entreprend un examen approfondi de mes comptes, de mes placements, de mes investissements... Bref, elle me dénude !

– Qu'avez-vous à craindre, si vous êtes un homme honnête ?

Oliver Gunnersbury réajusta les pans trop évasés de sa veste en cachemire et tira sur le col trop étroit de sa chemise en popeline.

– Le mot « honnêteté », dans les milieux financiers, n'a pas le sens que vous lui donnez dans la police...

– Pourriez-vous préciser ? demanda Marlow.

– Vous savez, les transactions exigent une grande souplesse... Je respecte la loi avec beaucoup de scrupule, bien entendu, mais il faut savoir parfois s'adapter.

– Est-ce le point de vue des enquêteurs de la Banque d'Angleterre ?

– Ce sont des fonctionnaires aux vues étroites qui perçoivent mal les impératifs de ma profession.

James apporta une bouteille de champagne et des toasts grillés à point, recouverts de fines languettes de saumon écossais.

– Préférez-vous le thé ? demanda Higgins à Oliver Gunnersbury.

– Non, non, ça ira...

Après avoir versé le liquide pétillant dans des flûtes en cristal, James se retira.

– Asseyez-vous, recommanda l'ex-inspecteur-chef au banquier.

Oliver Gunnersbury, lourd et épais, se laissa tomber dans un fauteuil Louis XV qui gémit sous le poids.

– Vous n'espérez quand même pas que Scotland Yard va empêcher la Banque d'Angleterre de scruter les comptes de votre établissement ? interrogea le superintendant. Comme vous le constatez, la mort brutale de Lord David Watercombe n'interrompt pas l'enquête financière qu'il avait ordonnée.

Oliver Gunnersbury vida sa flûte et la remplit.

– J'en suis heureux, grommela-t-il.

– De quelle manière avez-vous accédé au club Goldfare ? demanda Higgins.

Le banquier gratta son collier de barbe.

– Le club Goldfare... Vous savez tout sur lui ?

– C'est notre métier, monsieur Gunnersbury.

– Moi, je connaissais son existence d'après des rumeurs, et je rêvais d'y appartenir... Mais c'était réservé aux membres de l'*establishment*. Quand j'ai été nommé directeur de la banque Ryadis-Aoussidant, tout a changé. On m'a convoqué discrètement dans un restaurant de luxe, on m'a soumis à un questionnaire et j'ai été coopté. Quelle victoire ! Vous ne pouvez pas savoir comme j'étais fier de moi. Cotoyer des grands de la finance, saluer Lord David Watercombe, glaner çà et là quelques informations confidentielles transmises du bout des lèvres, et surtout être reconnu, moi, Oliver Gunnersbury ! Enfin, on prenait conscience de ma valeur et l'on s'apercevait que je serais le grand financier de demain ; l'Angleterre croule sous les traditions, messieurs. Il faut bousculer tout cela, relancer la machine économique, faire davantage de profit ! Nos dirigeants sont beaucoup trop timides ; grâce à ce club, je pouvais développer mes théories en privé avant de les appliquer en vraie grandeur.

– Diriger cette banque n'était-il pas un aboutissement ?

– Un échelon, inspecteur, un simple échelon ! Quand on s'appelle Oliver Gunnersbury et que l'on est reconnu par ses pairs, on ne doit pas se contenter d'un succès, si remarquable soit-il. Je ne suis qu'au début de ma carrière, non à son apogée ; vous en verrez encore de belles, je peux vous le promettre ! Mon nom brillera au firmament de la finance et je montrerai à l'*establishment* qui je suis. Ceux qui n'ont pas cru à la réussite d'Oliver Gunnersbury s'en mordront les doigts et viendront demander mon pardon à genoux.

Et qu'ils ne comptent pas sur ma clémence ! Moi, les faibles, je les écrase.

– Tout un programme, déplora Higgins ; comment choisissez-vous vos clients ?

Le banquier fut interloqué.

– En fonction de leurs capitaux, c'est évident ! Une banque n'a pas à s'occuper des pauvres et des incapables.

– Demandez-vous parfois l'origine des fonds qui vous sont confiés ?

– Vous n'y pensez pas ! Ce qui m'intéresse, c'est leur quantité et la manière dont je les placerai pour obtenir le maximum de profit.

– Vous avez donc des clients douteux.

– « Douteux » est un terme mal adapté au marché financier.

– Avez-vous entendu parler d'un certain Pancras ?

Oliver Gunnersbury avala deux toasts coup sur coup.

– Comme tout le monde...

– Vous n'ignorez donc pas qu'il est un terroriste, responsable présumé d'un certain nombre d'attentats.

– Ça reste à prouver.

– Vous l'avez reçu et avez accepté des sommes considérables de sa part.

– Oui et alors ? Ça ne fait pas de moi son complice. Ce monsieur est un client honnête et régulier, pourquoi aurais-je refusé son argent ? Sa vie privée ne me regarde pas.

– Votre position est inacceptable ! tonna Scott Marlow. Vous saviez que ce Pancras est un dangereux terroriste et vous deviez signaler sa présence aux autorités !

– Mais je l'ai fait !

– Que vous a-t-on répondu ?

– Rien, absolument rien ; j'ai donc considéré que

j'étais libre de recevoir l'argent de Pancras et de le traiter comme n'importe quel client.

– Que savez-vous de Pancras ? interrogea Higgins.

– Rien, inspecteur ; je ne l'ai vu que deux fois et lui ai décrit le programme de placements établi à son intention. Il a paru satisfait et dépose régulièrement de fortes sommes sur son compte. Je peux vous confier, non sans satisfaction, que la rentabilité est excellente, tant pour lui que pour la banque ; puisque tout le monde est content, pourquoi irait-on me chercher des poux dans la tête ?

CHAPITRE XX

Scott Marlow était horrifié.

Ainsi, un terroriste pouvait faire tranquillement fructifier son argent dans une banque de la City, parce que les services secrets utilisaient ses « compétences » à des fins inavouables ! Sans nul doute, Lord David Watercombe eût mis fin à ces pratiques.

– Quel était le but de ce rendez-vous urgent ? demanda Higgins.

Oliver Gunnersbury tourna plusieurs fois sa langue dans sa bouche.

– Je ne suis pas aveugle... Je sens bien qu'avec toutes ces histoires, on cherche à m'abattre. Mon ascension et ma réussite contrarient trop de gens ; si je devais tomber, ce ne serait pas tout seul.

Une lueur méchante anima le regard du banquier, anéantissant l'apparence chaleureuse qu'il aimait se donner. Tout à coup, Marlow se sentit face à un requin prêt à massacrer sa proie.

– Quelqu'un vous aurait-il tendu un piège ?

– Dans le métier, ça se sait... Il s'agit d'un aristocrate fortuné, Sir Sigismond Latersheep. Non content de gérer un important cabinet de placements qui lui rapporte beaucoup d'argent, il avait jeté son dévolu sur la banque Ryadis-Aoussidant. Ce brave Sigismond se présente comme un homme affable et sympathique, bon vivant, épris des plaisirs de la vie ; en réalité, seule la puissance financière le passionne. S'il pouvait supprimer tous ses concurrents, quel que fût le moyen, il ne s'en priverait pas.

– Vous vous êtes donc trouvé en concurrence pour la direction de la banque Ryadis-Aoussidant.

– Exactement, mais ce cher Sigismond m'a sous-estimé ; comment un minable de la *Lower Class*[1] aurait-il pu décrocher le poste que convoitait un aristocrate de la *Upper Class*[2] ? Son autre erreur fut de ne pas percevoir la mécanique mentale du propriétaire de la banque, Omar Ahmed ; lui se moque des titres de noblesse et de l'ancienneté des familles anglaises. Seule l'intéresse l'efficacité ; Sigismond a déjà beaucoup mangé, et moi, je suis encore mort de faim ! Ahmed l'a compris : en me confiant la direction de sa banque, il a su que je la développerais au-delà de toute espérance en travaillant jour et nuit. Pendant que Sigismond va s'empiffrer dans les restaurants et courir les filles dans les boîtes de nuit, moi, je fais croître mon volume d'affaires.

– Sir Sigismond vous a-t-il gardé rancune ?

– Lui ? Il me hait ! Moi, le pauvre type issu des couches populaires, je l'ai battu sur son propre terrain... Comment me le pardonnerait-il ? Il est évident que c'est lui qui m'a dénoncé à la Banque centrale.

– Dénoncé pour quel motif, puisque vous êtes innocent ?

Oliver Gunnersbury avala de travers, toussa et cracha dans son mouchoir.

– La calomnie paie toujours, inspecteur ; vous devriez prendre très au sérieux ma déclaration. Le vrai

1. Classe inférieure.
2. Classe supérieure.

suspect dans cette affaire, c'est Sir Sigismond Latersheep.

– Expliquez-vous, recommanda Higgins, qui prenait des notes dans son carnet noir.

– Latersheep est un truqueur professionnel. Parce qu'il se situe en dehors du système bancaire, il tire toutes les ficelles et manipule quantité de spécialistes qui ne s'en doutent même pas. Au terme de l'enquête, quel démon aurait-on trouvé ? Sir Sigismond Latersheep, personne d'autre !

– Je veux bien vous croire, monsieur Gunnersbury, mais votre argumentation me paraît un peu floue.

– Il faut me comprendre à demi-mot, inspecteur.

– J'essaierai.

Comme soulagé, le banquier termina la bouteille de champagne.

– Nous avons nous-même poursuivi nos investigations, indiqua Higgins.

– Ah ? Des résultats intéressants ?

– Notre dossier s'étoffe.

– Sir Sigismond Latersheep, inspecteur ; je ne vous le répéterai jamais assez.

– C'est noté, monsieur Gunnersbury. Nous avons rencontré une fort jolie femme, une Orientale.

Le banquier eut un sourire grasseyant.

– Ça ne m'étonne pas de vous, inspecteur ; je suis persuadé que vous plaisez beaucoup aux femmes.

– Connaissez-vous Cassandra Tyndal, monsieur Gunnersbury ?

– Non... Je devrais ?

– Il me semble.

– J'ai croisé pas mal de filles... Qu'a-t-elle de particulier, celle-là ?

– Outre son physique qu'il est difficile d'oublier, elle possède un caractère que l'on qualifierait volontiers de déterminé.

– Tant mieux pour elle, ce sont ces gens-là qui

réussissent. Quand on est quelqu'un, il faut le faire savoir et n'avoir peur de personne.

– Cette jeune personne ne semble guère vous apprécier.

– Ah... Qu'est-ce que je lui ai fait ?

Higgins consulta son carnet noir.

– Au cours d'un cocktail, vous exposiez vos vues à un groupe de financiers, sans doute avec votre enthousiasme et votre force de persuasion habituels. Une seule auditrice n'était pas sensible à votre charme : Mlle Cassandra Tyndal. Elle vous l'a fait savoir d'une manière ostentatoire, en éclatant de rire.

– Je me souviens vaguement...

– Vous l'avez prise à parti, elle vous a insulté ; votre épouse, qui était présente, vous a défendu de façon plutôt belliqueuse. Bref, une violente altercation.

Oliver Gunnersbury, serrant sa flûte entre ses mains, regarda l'extrémité de ses chaussures.

– C'est vrai, cette petite garce a perturbé un exposé brillant ; elle a quand même dû vous dire que ça s'était arrrangé et que nous avions pu converser entre adultes.

– Sur quel sujet ?

Le banquier releva la tête.

– Vous voulez confronter nos déclarations, hein ?

– Je ne peux rien vous cacher.

– Une drôle de fille, cette Orientale ; pas mon style, mais quand même superbe ! Si ma femme n'avait pas été là... Enfin, on ne peut pas gagner à tous les coups, hein, inspecteur ?

Scott Marlow, choqué, jugea que le style du financier ne correspondait guère à celui du Ritz.

– Une fière et une conquérante, poursuivit Oliver Gunnersbury ; elle m'a tenu tête un bon moment avant d'admettre ma supériorité. Toutes les femelles se ressemblent ; ce dont elles ont besoin, c'est d'une autorité supérieure qu'elles ne discutent pas. Celle-là, elle m'a épaté ; je ne suis pas du genre à avoir peur, mais j'ai eu le sentiment de concourir devant un gibier de premier choix.

– S'est-elle excusée ?

– Pas du tout ! Elle a continué à rire, comme si j'étais un pitre.

– Votre réaction ?

– Je lui ai ordonné de se calmer : peine perdue. Alors, j'ai tenté de lui expliquer que l'argent, c'était sérieux ; on n'en rit que lorsqu'on n'en a pas. La phrase qu'elle a prononcé m'a laissé pantois.

– À savoir ?

– « Je veux détruire le monde de l'argent. »

Higgins nota la phrase sur son carnet noir.

– Êtes-vous certain d'avoir entendu ces paroles-là ?

– Elles m'ont tellement frappé que je ne suis pas prêt de les oublier.

– Pourtant, vous ne vous souveniez pas de Cassandra Tyndal.

– Je ne connaissais pas son nom, inspecteur ! En évoquant le moment désagréable que j'ai vécu, vous avez réveillé mes souvenirs.

– « Je veux détruire le monde de l'argent »... Comment interprétez-vous cet engagement ?

Le banquier dévora un toast au saumon.

– J'ai un peu soif.

– Qu'à cela ne tienne, monsieur Gunnersbury.

Higgins tira sur un cordon.

Une minute plus tard, James apportait une nouvelle bouteille de champagne français ; il remplit les verres du superbe liquide doré et s'éclipsa.

– J'espère que vous appréciez, dit Higgins ; il s'agit d'un vin exceptionnel dû au génie d'André Beaufort à Ambonnay ; il provient de « vignes cultivées sans engrais chimiques, sans désherbant, sans insectisides ni fongicides ; elles reçoivent du compost végétal et sont soignées par aromathérapie et homéopathie ».

Beaucoup de grandes marques, plus ou moins frelatées, devraient prendre exemple sur ce champagne-là.

Quoique peu connaisseur, Marlow estimait que le breuvage délicat éclaircissait l'esprit.

– À la réflexion, conclut Oliver Gunnersbury, je pense que cette fille est très suspecte. Qui incarnait le mieux le monde de l'argent, sinon le gouverneur de la Banque d'Angleterre ?

– Auriez-vous des éléments plus précis ?

– Cette fille est une tigresse ; que fait une tigresse ? Elle tue ses proies. Je connais bien les femmes, croyez-moi ; celle-là est très dangereuse. On voit rarement un comportement comme le sien ; elle n'a peur de rien ni de personne. Et puis, je me demande...

– Oui, monsieur Gunnersbury ?

– Je me demande si elle n'a pas organisé une sorte de guet-apens pour me ridiculiser devant mes confrères.

– N'avez-vous reçu aucune menace, monsieur Gunnersbury ?

– Moi ? Non.

– Je suppose que vous serez exclu du club Goldfare.

– Il ne manquerait plus que ça ! Vous ne trouvez pas qu'on me fait assez d'ennuis ?

– Les membres de l'*establishment* n'aiment pas beaucoup les perturbateurs.

– Je n'ai perturbé personne !

– Sauf si votre responsabilité est établie dans des malversations financières et dans l'assassinat de Lord David Watercombe.

Le banquier se leva, renversant son verre de champagne.

– Moi, je tente de vous aider en vous fournissant des informations capitales, et vous continuez à me traiter comme un coupable. C'est un scandale, messieurs, un véritable scandale ! Ne comptez plus sur ma collaboration.

De son pas lourd, Oliver Gunnersbury sortit du salon du Ritz.

– Le champagne est excellent, conclut Marlow, mais ce banquier est imbuvable.

CHAPITRE XXI

Sur la forme, le superintendant Marlow redoutait que la démarche de Higgins se traduisît par des conséquences désastreuses ; mais sur le fond, il l'approuvait sans réserves. Que des terroristes se permettent de défier l'Angleterre et participent à des meurtres sur son sol même était inadmissible ; Scotland Yard ne plierait pas l'échine et ne laisserait personne bafouer son autorité.

À l'adresse où habitait Pancras, le superintendant envoya une convocation pour audition d'urgence dans son bureau.

Et la vieille Bentley roula gaillardement, sous la pluie, vers l'hôtel particulier d'Omar Ahmed. Joint au téléphone, le financier avait accepté, d'assez mauvaise grâce, de recevoir à nouveau les policiers.

La Bugatti Royale Coupé De Ville, de 1931, stationnait dans la cour de l'hôtel particulier de Mayfair ; un chauffeur faisait rutiler ses chromes avec d'infinies précautions.

Le domestique en livrée les attendait au portail et les conduisit au perron où son collègue prit le relais ; Higgins nota, au passage, que la vaste demeure, en dépit des richesses qu'elle contenait, semblait vide et abandonnée. Seul le chant de la fontaine en marbre blanc donnait un peu d'âme à l'immense salle à coupole aux murs ornés d'arcatures et au sol couvert de mosaïques.

L'ex-inspecteur-chef songea à l'un des *Sonnets orientaux* de J. B. Harrenlittlewoodrof, une poétesse trop peu connue mais promise, d'après les meilleurs spécialistes, au Prix Nobel de Littérature :

Amours évanescentes de l'eau en cascade,
Ombres lumineuses des larmes de pluie,
Promesses aériennes des fontaines oubliées,
Vous murmurez le temps en perles impalpa-
[bles.

Les deux policiers gravirent de nouveau les marches de l'escalier monumental, qui réveillèrent l'arthrose du genou gauche de Higgins ; le soir même, il accentuerait sa cure d'*Arnica Rhuta Rhustoxicodendron*, qui lui permettait de retrouver ses jambes de jeune homme. Au passage, le regard de l'ex-inspecteur-chef s'attarda sur le cimeterre inscrit dans les blasons que tenaient les deux lions assis ; sans nul doute, Omar Ahmed était un guerrier redoutable et le combat s'annonçait difficile.

Après avoir traversé le long couloir orné de versets du Coran, le domestique s'arrêta devant la petite porte du salon où les policiers avaient été reçus lors de leur précédente visite.

– Si ces messieurs consentent à entrer... M. Ahmed ne va pas tarder.

Higgins revit avec plaisir les soies brochées rouge et or qui cachaient le plafond et les murs, et les tapis marocains du XIIIe siècle qui recouvraient le plancher. Dans l'art de vivre à l'orientale, le moindre objet fabriqué avec amour évoquait à la fois le secret et le soleil, le mystère et la passion. Mais l'ex-inspecteur-chef ne pouvait oublier les panoplies d'armes qui confirmaient le caractère de chef de guerre d'Omar Ahmed.

Sur la table en marqueterie, un cimeterre avait remplacé la maquette de mosquée en or ; à la prière succédait l'affrontement. Le message du financier ne pouvait être plus clair ; c'était en maniant ce sabre courbe que les cavaliers arabes du passé avaient massacré leurs adversaires.

Cette fois, Omar Ahmed fit attendre les policiers une bonne heure, marquant ainsi son irritation. Quand il apparut, dans son costume blanc étincelant, il n'était ni souriant ni aimable ; le regard était dur, la parole martelée.

– Est-ce une visite de courtoisie, messieurs ?

– Je crains que non, répondit Higgins.

– Comme vous ne l'ignorez pas, je suis très occupé ; je n'ai donc qu'une minute à vous accorder et ce, par courtoisie.

Scott Marlow se leva, martial.

– Parfait, monsieur Ahmed ; nous ne vous importunerons donc pas plus longtemps.

Le financier sourit.

– Voilà une attitude responsable.

Le superintendant déposa une enveloppe sur la lame du cimeterre.

– Dans cette enveloppe, vous trouverez une convocation en bonne et due forme ; je vous attends à mon bureau, demain matin à huit heures. En cas d'absence, assimilable à un délit de fuite, je vous ferai interpeller.

Les lèvres d'Omar Ahmed blanchirent, sa fine moustache parut se racornir ; pour masquer sa colère, il ôta ses lunettes d'or et nettoya les verres avec un mouchoir de lin.

– Qu'est-ce que ça signifie, superintendant ?

– Que nous enquêtons sur un crime et que nous entendons mener les interrogatoires à notre guise.

– Savez-vous qui je suis ?

– Nous, nous sommes Scotland Yard.

Omar Ahmed s'empara de l'enveloppe.

– Si je vous accorde le temps nécessaire, cette convocation sera-t-elle caduque ?

– En effet.

– Je vous écoute, messieurs.

La haine du financier était perceptible ; s'il avait pu légalement décapiter les deux hommes avec son cimeterre, il n'aurait pas hésité un instant.

– Pour être sincère, révéla Higgins, votre directeur, Oliver Gunnersbury, n'est pas dans une excellente position ; les charges pesant sur lui ne s'allègent pas, au contraire.

– La valetaille n'est pas mon souci majeur, inspecteur ; si celui-là ne fait plus l'affaire, j'en nommerai un autre.

– Sir Sigismond Latersheep, par exemple ?

– Ce serait amusant.

– Pourquoi lui avez-vous préféré Oliver Gunnersbury pour diriger la banque Ryadis-Aoussidant ?

– Pour ridiculiser un aristocrate anglais, bien entendu ; n'est-ce pas le plus savoureux des plaisirs ? Gunnersbury est un rustre qui a cru en sa bonne étoile ; comme il ressemble à la grenouille qui veut se faire plus grosse que le bœuf, il était inévitable qu'il éclatât. Spectacle instructif, ne croyez-vous pas ? Si Sir Sigismond, oubliant ses nobles origines et sa ridicule fierté britannique, consent à se traîner à mes pieds pour obtenir le poste de directeur de ma banque, je lui ferai croire à ma bienveillance... Un peu de torture mentale me distraira.

– Avez-vous essayé de devenir membre du club Goldfare ?

– Inspecteur... Omar Ahmed ne se contente pas d'espoir ; quand il entreprend, il réussit.

– Avez-vous posé votre candidature ?

– Un club ridicule, qui se croit influent, et ne vit que sur le passé ; quand j'en aurai envie, je l'achèterai, jetterai dehors les potiches et en ferai un cercle réellement influent.

– Si vous nous parliez de Cassandra Tyndal ? suggéra Higgins.

Omar Ahmed se figea un moment comme s'il avait été interpellé par un esprit de l'autre monde. Puis il alluma un havane, sans en offrir un au superintendant.

– Il faudra que je me méfie de vous, inspecteur ; moi qui me vante de bien déchiffrer l'âme d'autrui, j'admets m'être trompé sur votre compte.

– Je ne fais que mon travail.

– Justement pas... Vous faites beaucoup plus. Vous recherchez la vraie nature des êtres, monsieur Higgins, et vous ne lâchez pas prise tant que vous n'avez pas projeté la lumière dans les ténèbres.

– Si nous revenions à la charmante Cassandra Tyndal ?

– Puis-je vous affirmer que je ne la connais pas ?

– Non, monsieur Ahmed.

– Bien... Disons que sa beauté est sublime, son intelligence exceptionnelle et son caractère impossible ; malheureusement, c'est une femme et cette tare réduit à néant toutes les qualités qu'elle pourrait déployer. Cela vous suffira-t-il ?

– N'est-ce pas un peu succinct ?

– Vous devrez vous en contenter.

Higgins tourna une page de son carnet noir.

– Nous abordons la partie la plus difficile de cet entretien, monsieur Ahmed.

– Vous m'effrayez, inspecteur !

– Ce serait logique.

– Je plaisantais.
– Pas moi.
– De quelle technique financière désirez-vous parler ?
– D'un terroriste nommé Pancras.
Omar Ahmed s'assit sur un pouf.
– Pancras... Un nom terrifiant, en effet ; l'auteur présumé d'un grand nombre d'attentats, si je ne m'abuse.
– Une relation dangereuse, n'est-il pas vrai ?
– Ça dépend pour qui.
– Pour vous, par exemple.
– Qu'est-ce qui vous autorise à dire que je fréquente ce Pancras ?
– Une photographie. Lorsque deux hommes déjeunent ensemble, dans un cadre sympathique, n'est-ce pas pour échanger quelques propos, voire envisager des projets ? Pancras ne doit pas admettre n'importe qui à sa table.
Omar Ahmed tapota sur l'extrémité de son havane ; la cendre se répandit dans un cendrier en vermeil.
– Qui est Pancras, d'après vous ?
– Un terroriste, répondit Higgins, c'est-à-dire un lâche de la pire espèce qui pose des bombes et ne regarde jamais en face la mort abominable des victimes innocentes qu'il tue au hasard.
– Et revoilà les discours moralisateurs ! Soyons clairs, inspecteur : je n'ai jamais rencontré Pancras, cette photographie n'existe pas, aucun juge ne l'aura jamais entre les mains ; de plus, mes avocats prouveront, en cas de besoin, qu'il s'agit d'un montage, et je porterai plainte pour diffamation. Ceci étant posé, Pancras n'est pas du tout le monstre sanguinaire que vous imaginez ; il se bat pour une cause juste et utilise les moyens qui sont à sa disposition. Les Anglais n'ont-ils pas martyrisé des millions d'innocents, un peu partout dans le monde, au nom de l'Empire ?

Quand un peuple veut se libérer de l'oppression, il est obligé de recourir à la violence. C'est pourquoi certains financiers internationaux, soutenus par certains gouvernements, aident Pancras à remplir sa mission. Est-il nécessaire d'en dire davantage ?

Higgins referma son carnet noir.

– Vous avez été très clair, monsieur Ahmed.

– J'en suis heureux, inspecteur ; j'ose espérer que nos relations sont à présent beaucoup plus franches.

– C'est indéniable.

– Ravi de vous avoir connu et désolé de ne plus vous revoir.

– Ne soyez pas attristé ; je suis persuadé que nous aurons l'occasion de reparler de l'affaire Watercombe.

– N'en faites pas trop, monsieur Higgins !

– La vérité, monsieur Ahmed : elle seule m'intéresse.

CHAPITRE XXII

C'est un Scott Marlow décidé qui déposa Higgins devant l'hôtel Connaught ; Scotland Yard ne laisserait pas subsister sur le sol du Royaume-Uni un réseau terroriste dont l'existence était avérée. Quels que fussent les risques encourus pour sa carrière, un superintendant de première classe ne pouvait admettre semblable ignominie.

– Ne vous pressez pas, mon cher Marlow ; la décantation n'est pas terminée.

– Mais enfin, Higgins ! Il est clair qu'Omar Ahmed finance les activités illégales de Pancras, avec la bénédiction de notre gouvernement !

– C'est indéniable, mon cher Marlow, mais ne perdons pas de vue notre objectif principal : l'assassin de Lord David Watercombe.

– Et s'il avait été victime d'un complot terroriste mené par Pancras et Omar Ahmed ?

– Pour le moment, ne l'excluons pas ; avant de prendre un repos bien mérité, ayez l'obligeance de trouver l'adresse de Paul Kneller. Le moment est venu de le revoir.

*
**

Higgins avait parfois entrevu la solution d'une enquête au cours de ses ablutions matinales, que couronnait une aspersion d'eau de toilette *Jubilee Bouquet*, de chez Pentaligon's, créée pour célébrer le couronnement d'Elisabeth II ; comme le savaient les connaisseurs, elle s'inspirait, en réalité, d'une antique tradition fondée sur l'utilisation, dans une proportion gardée secrète, de feuilles de noyer froissées. L'ex-inspecteur-chef lissa sa moustache poivre et sel avec un lissoir en nacre que lui avait offert une vieille admiratrice, veillant à ce que les poils fussent impeccablement alignés, puis il se vêtit d'une chemise sur mesure, d'un pantalon anthracite de chez Trouser's, dans Regent Street, et d'un blazer bleu nuit créé par son tailleur personnel, œuvrant chez Stovel and Mason. Un nœud papillon à pois rouges compléta l'ensemble. Un *Tielocken*, une casquette à petits carreaux et un foulard en cachemire le protégeraient de la pluie et du vent glacé qui soufflait dans les rues de Londres.

Grâce à l'absorption de trente gouttes d'*Arnica Rhuta Rhustoxicodendron*, répétée quatre fois dans la soirée, le genou gauche de Higgins avait retrouvé sa souplesse.

Un excellent arabica et quelques toasts à la confiture de cerises, due à un artisan qui refusait colorants et conservateurs dont la nécessité n'était évidente que pour l'industrie chimique, Higgins se sentit d'attaque pour une journée qu'il ressentait comme décisive.

Avec un peu de chance, au terme de ces nouvelles heures d'enquête, les ténèbres seraient peut-être moins épaisses.

Scott Marlow était ponctuel ; Higgins salua son

collègue et s'assit à l'avant. La vieille Bentley, heureuse de retrouver l'ex-inspecteur-chef, démarra en souplesse.

– Kneller habite Burlington Arcade, mais il n'est pas chez lui ; d'après sa femme de ménage, nous le trouverons à Sainte-Hélène la Grande.

– Intéressant.

– Pensiez-vous qu'il ne nous recevrait pas ?

– Le moindre détail, le moindre comportement peuvent avoir leur importance ; trier l'essentiel de l'inutile n'est pas facile, mais nous sommes en bonne voie.

Cette confidence rassura Scott Marlow ; Higgins distillait rarement autant d'espoir au cours d'une enquête.

– J'ai passé une bonne partie de la nuit à rédiger un rapport sur Omar Ahmed, avoua Marlow ; dès que vous me donnerez le feu vert, je l'adresserai à l'échelon supérieur. Ce sera en pure perte, sans doute, mais j'aurai fait mon devoir.

– Ne soyez pas pessimiste ; ce dossier mérite d'être complété.

Sainte-Hélène la Grande, qui datait en partie du XIIIe siècle, avait résisté aux incendies, aux massacres, et tenait bon face au modernisme hideux qui, année après année, défigurait la City, avec ses hordes d'immeubles qui voulaient ressembler aux gratte-ciel américains. Le mauvais exemple d'outre-Atlantique, en matière d'art et d'architecture, continuait à déferler sur l'Europe, et il faudrait sans doute des décennies avant de prendre conscience que la laideur et le béton agissaient de manière nocive sur le cœur et le cerveau de l'homme.

À l'intérieur de Sainte-Hélène, que l'on qualifiait volontiers d'« Abbaye de Westminster de la City », régnait un calme qui contrastait avec l'agitation du dehors. Au Moyen Âge, cependant, le couvent voisin des Bénédictines n'était pas toujours un exemple de prude réserve ; ses pensionnaires, pour la plupart filles de marchands fortunés, adressaient quelques œillades aux profanes et faisaient entendre rires et plaisanteries qui déplaisaient fort aux autorités religieuses.

Aujourd'hui Sainte-Hélène la Grande n'abritait plus que le passé et la mort : là se trouvaient les tombeaux des grands hommes de la City, à savoir les financiers et les commerçants qui avaient fait de cette partie de la capitale le symbole de la richesse anglaise. Souvent, ces sépultures étaient d'un goût détestable, en raison de formes compliquées et de couleurs criardes, comme si les nouveaux riches de la City avaient voulu exhiber leur fortune dans le trépas.

Peter Kneller se recueillait devant le tombeau de John d'Ostewich, datant de la fin du XIVe siècle. En entendant le pas de Marlow, il tourna la tête.

– Superintendant... Inspecteur... Vous me cherchiez ?

– En effet, monsieur Kneller.

– Désirez-vous aller ailleurs ?

– Non, répondit Higgins, cet endroit est parfait.

– C'est beau, n'est-ce pas ? Les financiers du monde entier devraient venir ici et s'incliner devant leurs ancêtres ; sans ces hommes-là, la City n'aurait pas existé. On oublie trop le passé, de nos jours.

– Le présent nous pose bien des problèmes, indiqua Higgins ; la banque Ryadis-Aoussidant ne finit pas de faire parler d'elle.

– C'est bien ce que je craignais, inspecteur ; ce dossier est une véritable bombe. J'espère que la City sortira indemne du désastre.

– Avez-vous examiné les comptes des particuliers ?

– Non, je n'ai pas eu accès à tous les détails ; seuls les flux financiers m'étaient accessibles. Mais ce que j'ai eu entre les mains suffisait à prouver que des malversations avaient été commises et des comptes truqués.

– Saviez-vous que Pancras avait un compte dans cette banque ?

– Pancras... le terroriste ?

– Lui-même.

– Comme s'il ne suffisait pas du reste... Pancras, en plus !

Le sosie de Cary Grant parut sincèrement consterné.

– Si une affaire de terrorisme se mêle à un scandale financier, l'enquête ne vous sera-t-elle pas enlevée ?

– Rassurez-vous, assura Scott Marlow, le Yard identifiera l'assassin de Lord Watercombe, quel qu'il soit et quels que soient les obstacles.

– Comment un directeur de banque a-t-il pu accepter un tel client et le gouvernement une pareille infamie ?

– Vous êtes un bon enquêteur, reconnut Higgins, et votre indignation est justifiée, mais ni Pancras ni le gouvernement n'empêcheront nos investigations d'aboutir.

– J'en suis heureux, inspecteur ; il serait trop injuste que la mort de Lord David Watercombe demeurât impunie. Il mériterait de reposer ici, en compagnie de ses glorieux ancêtres.

– Nous y songerons, promit Marlow, quelque peu excédé.

– Mon dossier a-t-il été retrouvé ? demanda Paul Kneller. Cette chemise orange avec quelques feuillets couverts de chiffres...

– Hélas non ! répondit Higgins.

– Acharnez-vous, inspecteur ; reconstituer les preuves ne sera pas facile. Omar Ahmed et Oliver Gunnersbury se méfieront et dissimuleront des éléments précieux.

– Rassurez-vous, les services de Watson B. Petticott

ne leur accorderont plus la moindre liberté de manœuvre.

– Puissiez-vous avoir raison ! Mais je vous crois trop optimiste ; si l'assassin s'est emparé de mon dossier, n'est-ce pas pour le faire disparaître ?

– C'est probable, admit l'ex-inspecteur-chef, mais peut-être s'est-il contenté de le dissimuler.

– Omar Ahmed est un manœuvrier de haute volée et Gunnersbury un technicien de première force ; supposez qu'ils parviennent à démontrer leur innocence ?

– Une fois encore, monsieur Kneller, faites confiance à Watson B. Petticott ; il remontera la filière et poursuivra votre travail.

Paul Kneller s'apaisa.

– Je suis si inquiet et si nerveux depuis la mort de Lord David Watercombe... Parfois, je pense que je suis responsable de sa mort, à cause de cette maudite enquête ! Mais lui comme moi pensions d'abord à l'honorabilité de la City, sans songer que nous touchions aux intérêts d'hommes dangereux et prêts à tout pour les préserver.

– Une recommandation, intervint le superintendant : n'oubliez pas que votre travail est terminé. N'envisagez pas de rendre la justice vous-même, monsieur Kneller ; laissez agir Scotland Yard.

Paul Kneller prit appui sur l'angle d'un sépulcre.

– Vous lisez trop bien en moi... Mais qui me persuadera qu'Omar Ahmed n'échappera pas au châtiment ? Il est milliardaire, a d'innombrables amitiés et de puissants protecteurs, et peut d'un instant à l'autre quitter l'Angleterre pour se réfugier dans un pays où il sera inaccessible.

– Détrompez-vous ; j'ai fait boucler les frontières et les aéroports. À la suite de notre dernier entretien, M. Ahmed a compris qu'une tentative de fuite serait à la fois mal venue et impossible.

Un sourire illumina le visage grave de Paul Kneller.

– Vous ne dites pas cela pour me rassurer ?

– Non, c'est l'exacte vérité.

– Un détail m'intrigue, déclara Higgins.

– Lequel, inspecteur ?

– Pourquoi êtes-vous si persuadé de la culpabilité d'Omar Ahmed ?

CHAPITRE XXIII

– Omar Ahmed est le propriétaire de la banque Ryadis-Aoussidant ; n'était-il pas le premier concerné par les décisions qu'allait prendre Lord David Watercombe ?

– Cela, nous le savons déjà ; je suis persuadé que vous vous fondez sur un autre fait.

Le trio fit quelques pas à l'intérieur de Sainte-Hélène la Grande où régnait un épais silence ; Paul Kneller réfléchit longuement avant de s'exprimer.

– J'ai une haute idée de mon métier, déclara l'enquêteur de la Banque centrale, et je n'ai jamais défendu des hypothèses farfelues. Lorsque j'écris une phrase dans un rapport, j'entends qu'elle soit sérieuse et non exposée à la critique ; c'est pourquoi je n'ai pas encore osé formuler l'essentiel de ma pensée.

– Nous ferez-vous cet honneur ? suggéra Higgins.

– Je vous le répète, je n'ai pas eu le temps de prouver ce que j'avance ; devant un tribunal, même professionnel, je serais contraint de me taire à contrecœur.

– Nous ne sommes que dans une église, monsieur Kneller, vous pouvez parler en toute confiance.

Paul Kneller prit le risque.

– Ma conviction profonde est la suivante : Omar Ahmed a fait des emprunts considérables, par l'intermédiaire de la banque Ryadis-Aoussidant, à plusieurs personnalités qui ont eu confiance en ses capacités d'homme d'affaires et en sa volonté de les développer en Angleterre. Pour mieux convaincre, il a utilisé les qualités techniques d'Oliver Gunnersbury qui s'est lancé dans une aventure sans comprendre où il allait.

– D'après vous, Omar Ahmed n'avait pas l'intention de rembourser ses emprunts.

– Exactement. Pour ne pas être impliqué, il suffisait de mettre sa banque en faillite, en accusant Gunnersbury d'avoir commis des erreurs fatales ; fortune faite, il serait parti pour l'étranger et aurait remonté une affaire du même type.

– Une telle escroquerie est-elle vraisemblable ? interrogea Marlow.

– Ce ne serait pas la première, déplora Paul Kneller ; si vous n'y veillez pas, la manœuvre réussira et Omar Ahmed sortira de ce drame blanc comme neige.

Higgins prit quelques notes.

– Aviez-vous présenté cette hypothèse à Lord David Watercombe ?

– Non, je n'ai pas osé.

– Pourtant, vous auriez pu bénéficier d'un cadre discret pour lui parler en toute quiétude.

Le trio s'arrêta devant un sarcophage tarabiscoté.

– Vous faites allusion au cercle Goldfare, n'est-ce pas ?

– Pourquoi ne pas l'avoir évoqué ? demanda Higgins.

– Par discrétion et déontologie, répondit Paul Kneller. Y avoir été admis, sur proposition de Lord David Watercombe, fut un honneur auquel je ne m'attendais pas. En contrepartie, vous l'admettrez, j'avais un devoir de réserve.

– Aviez-vous des entretiens privés avec le gouverneur de la Banque d'Angleterre ?

– C'eût été une faute de goût impardonnable ; l'essentiel, dans ce genre de club, est d'en faire partie, d'apparaître au fumoir et d'écouter quelques confidences à mi-voix.

– Vous avez croisé Oliver Gunnersbury, je suppose ?

– Bien entendu, comme d'autres directeurs de banques.

– Un dialogue s'est-il instauré entre vous ?

– Aucun.

– Lorsque vous avez commencé votre enquête, n'avez-vous pas été gêné par son appartenance au club ?

– Non, inspecteur ; eût-il été mon propre frère, cela n'aurait pas changé mon comportement.

– Lui-même n'a-t-il pas tenté de vous fléchir au nom du club Goldfare ?

– Non, car il n'a pas perçu l'ampleur de mes manœuvres d'approche.

– Omar Ahmed n'a-t-il pas tenté d'entrer au club ?

– Ce serait surprenant, car il n'avait aucune chance d'y être admis.

– Pouvait-il... l'acheter ?

– Impossible, soyez-en sûr !

– Jane Richmond-Lambeth n'a-t-elle pas essayé de forcer les portes de cette enceinte ?

– Elle s'est présentée dans le plus grand secret, c'est vrai, avec une réelle intelligence et avec la ferme intention de séduire quelques membres influents du club. Peut-être aurait-elle réussi si Lord David Watercombe ne s'était dressé de toute sa stature en travers de sa route. Cette intervention a mis fin au débat.

– Jane Richmond-Lambeth a-t-elle su la vérité ?

– Je ne le pense pas, mais une indiscrétion est toujours possible.

– Lord David Watercombe a-t-il commenté sa décision ?

– D'aucune manière ; son autorité morale était telle qu'il n'avait pas besoin de se justifier.

– Parmi les membres du club, rappela Higgins, figurait aussi Sir Sigismond Latersheep.

– Ah, Sir Sigismond ! C'est bien le seul personnage qui a fait perdre son calme à Lord David Watercombe.

– N'était-il pas son meilleur ami ?

– Drôle d'amitié, inspecteur ! Sir Sigismond affichait son existence dissolue avec beaucoup d'ostentation, comme s'il ignorait que ses paroles étaient choquantes et déplacées dans un club aussi huppé. Étrange, en vérité ; comment un homme aussi intelligent et habile peut-il se laisser aller à de tels excès ?

– Les condamniez-vous aussi, monsieur Kneller ?

– Il faut savoir réfréner ses passions, inspecteur ; sinon, on se réduit au rang de l'animal.

– La passion n'est-elle pas le sel de la vie ?

– Ce n'était pas l'avis du gouverneur de la Banque d'Angleterre ! À plusieurs reprises, il a reproché son attitude à Sir Sigismond et lui a demandé de se rectifier pour faire honneur au club Goldfare. Lord David Watercombe tenait à ce que le cercle financier fût exemplaire.

Scott Marlow regrettait de plus en plus la disparition tragique du gouverneur ; ce n'était qu'avec des hommes de cette trempe-là que l'Angleterre repartirait à la conquête du monde.

– Allons au fond des choses, monsieur Kneller ; Lord David Watercombe avait-il décidé de prendre des sanctions ?

– La déontologie du club, inspecteur...

– Il y a eu crime, monsieur Kneller ; l'heure n'est plus aux cachotteries.

– Oui, inspecteur ; il avait menacé Sir Sigismond de l'exclure du club.

– Comment ce dernier avait-il réagi ?

– Il ne semblait pas avoir pris la menace au sérieux.

– À tort, d'après vous ?

– Lord David Watercombe n'avait pas coutume de parler pour ne rien dire.

– Saviez-vous que Sir Sigismond briguait la présidence de la banque Ryadis-Aoussidant ?

Peter Kneller sembla étonné.

– Je l'ignorais... Mais est-ce prouvé ?

– Il apparaît qu'Omar Ahmed a organisé une sorte de compétition entre lui et Oliver Gunnersbury.

– C'est assez surprenant... On peut avoir quelques doutes sur l'honnêteté de Sir Sigismond, mais pas sur son intelligence et sur sa ruse.

– Iriez-vous jusqu'à envisager une complicité avec le propriétaire de la banque ?

– Sir Sigismond et Omar Ahmed... Invraisemblable !

– La vie réserve bien des surprises, monsieur Kneller.

– Celle-là serait de taille.

– Vos activités vous ont-elles conduit à voyager ?

– Non, inspecteur ; je parle plusieurs langues, mais je n'ai jamais quitté l'Angleterre. La finance est un curieux métier ; en maniant les taux de change et toutes les monnaies du monde, on a le sentiment de parcourir chaque jour la planète sans sortir d'un bureau austère.

– Avez-vous entendu citer le nom de Cassandra Tyndal ?

Paul Kneller réfléchit quelques instants.

– Non, je ne vois pas... Cette personne appartient-elle aux milieux de la finance ?

– C'est une très belle jeune femme, de type oriental, qui semble proche, voire très proche d'Omar Ahmed.

– Aurait-elle joué un rôle dans le meurtre de Lord David Watercombe ?

– C'est ce que nous cherchons à établir.

Le trio sortit de Sainte-Hélène la Grande ; il fut aussitôt agressé par le bruit et l'agitation qui régnaient dans la City. Higgins songea à la paix de son village du Gloucestershire dont la magie repoussait encore les méfaits de la vie moderne ; comme Harriet J.B. Harrenlittlewoodrof avait eu raison de déclamer, dans son *Ode à l'antique Albion* :

Où sont effilochées tes aubes silencieuses,
Où sont égarées tes forêts recueillies,
Où sont abandonnées tes rivières secrètes,
Toi dont les mirages étaient réalité ?

– N'oubliez pas ma mise en garde, recommanda Marlow à Paul Kneller.

– Je vous ai compris, superintendant.

Bientôt, Sainte-Hélène la Grande serait coincée entre des immeubles modernes et finirait par disparaître, telle une fleur précieuse étouffée par de mauvaises herbes.

– Ah, j'oubliais, dit Paul Kneller de sa voix grave. Cela n'a sans doute aucun rapport avec l'affaire qui vous occupe, mais j'ai découvert un curieux détail en enquêtant sur Jane Richmond-Lambeth. Elle n'est pas célibataire, mais divorcée ; et son mari était Sir Sigismond Latersheep.

CHAPITRE XXIV

Scott Marlow fut rappelé d'urgence à Scotland Yard ; la vieille Bentley répondit avec courage aux sollicitations du conducteur et fit de véritables prodiges dans une circulation infernale que la pluie battante rendait encore plus difficile. Plus aucun jardinier ne cédait à l'angoisse : les pelouses ne seraient pas menacées par la sécheresse et continueraient à offrir au regard le vert inégalable que l'amateur éclairé ne trouvait qu'en Angleterre.

Les hommes du superintendant avaient travaillé avec efficacité et discrétion. Le patron d'un club de gymnastique et de musculation de l'East End, qui ne pouvait rien refuser à Scotland Yard, avait peut-être des indications à fournir sur Pancras.

Le second message émanait de Jane Richmond-Lambeth ; elle fixait rendez-vous aux deux policiers à quinze heures, au sommet du Monument, pour leur faire des révélations.

– Ça bouge, constata Marlow avec joie ; vous vous y attendiez, n'est-ce pas ?

– J'avais un espoir.

– Ma religion est faite, Higgins ; le tandem Ahmed-Pancras est le pivot de toute cette affaire ; c'est pourquoi je n'hésite pa à lancer mes troupes dans la bataille. Tuer un homme comme Lord David Watercombe n'est pas seulement un meurtre, mais aussi un crime contre le pays.

*
**

Le club « Hercule » n'était accessible qu'à des personnalités triées sur le volet et capables d'acquitter une cotisation rondelette.

Quand Higgins et Marlow se présentèrent à l'hôtesse d'accueil, une jeune brune piquante, cette dernière jugea que le superintendant aurait un long et difficile travail à effectuer ; une année d'entraînements intensifs serait à peine suffisante.

– Vous avez vos cartes de membres, messieurs ?

– Non, mademoiselle, répondit Marlow.

– Si vous désirez vous inscrire, il vous faut deux parrains déjà membres du club.

– Nous souhaiterions voir le directeur.

– Il est très occupé.

– Dites-lui que ses cousins de Folkestone sont à la réception.

La jeune fille hésita à déranger son patron, le regard du superintendant la dissuada de résister plus longtemps.

À sa grande surprise, le directeur du club Hercule fut ravi de la visite de ses cousins et arriva en courant à la réception. Il ressemblait à ce qu'il avait été, un haltérophile musclé et trapu, capable de soulever d'énormes charges. Le front bas et étroit, le nez cassé comme celui d'un boxeur, il continuait à s'entraîner pour ne pas voir s'affaisser sa masse musculaire.

– Bonjour Malkus, dit Marlow, aimable.

– Bonjour, cousins ; on va déjeuner quelque part.

Malkus s'assit à l'arrière de la Bentley.

– Si vous vous êtes dérangé en personne, superintendant, c'est que l'affaire est vraiment très sérieuse !

D'ordinaire, Scott Marlow évitait de « traiter » lui-même les indicateurs du Yard ; dans le cas présent, il n'avait pas le choix. Voilà bien des années que Malkus travaillait pour la police, avec une discrétion du meilleur aloi ; en raison d'un passé tumultueux, il avait intérêt à collaborer sans discussions oiseuses.

Afin de créer une atmosphère conviviale, Higgins invita Marlow et l'indicateur au pub Old King Lud, dans Ludgate Hill, non loin de Saint-Paul. L'ex-inspecteur-chef avait choisi ce pub afin de préserver la sécurité du directeur du club Hercule ; comme il était partiellement construit sous un pont de chemin de fer, chaque passage de train faisait trembler les murs de l'établissement et rendait inaudibles les conversations d'une table à l'autre.

Les trois hommes commandèrent une pinte de Whitebread Pale Ale, tiède et onctueuse.

– C'est un grand honneur pour moi, concéda Malkus ; l'identité de votre collègue est-elle un secret, ou acceptez-vous de me le présenter ?

Le regard de Higgins ne fut pas désapprobateur.

– Inspecteur-chef Higgins.

L'ancien haltérophile écarquilla les yeux.

– Il existe vraiment... Je croyais qu'il s'agissait d'une légende !

– Je fais de mon mieux, indiqua Higgins.

– Pour cette fois, déclara l'indicateur avec solennité, je travaillerai gratuitement. Il y a des circonstances où il faut savoir oublier la basse matérialité.

Marlow savait que Malkus avait déjà été payé, mais ne releva pas.

– Venons-en au fait, exigea le superintendant ; vous connaissez donc cet homme ?

Il plaça sous le regard de Malkus le visage de Pancras, tel que Higgins l'avait dessiné.

– Ma position, vous le comprendrez, est particulièrement délicate.

– Je suis bien placé pour le savoir.

– J'éprouve une grande admiration pour le Yard, même si ma tâche n'est pas toujours facile.

– Connaissez-vous cet homme ou non ?

– Ce n'est pas si simple, superintendant.

– Exposez-nous la difficulté.

– Vous êtes là, vous, un superintendant de première classe, et l'inspecteur Higgins, une figure de légende, le meilleur nez du Yard...

– Qu'est-ce que vous voulez, Malkus ?

– Coopérer, superintendant, coopérer de la manière la plus active !

– Mais encore ?

– Votre présence, et celle de l'inspecteur Higgins, implique une énorme affaire. D'où, pour moi, d'énormes risques.

– Ne parliez-vous pas de service gratuit ?

Malkus plaça la main droite sur son cœur.

– Cochon qui s'en dédie !

– Donc, tout est dit.

– Il y a l'honneur du métier, superintendant ; de ce côté-là, en effet, tout est dit. Et puis il y a les frais... Là, je ne maîtrise plus. Les impôts, les taxes, la location des locaux, les salaires du personnel, les imprévus, les...

– Vous m'ennuyez, Malkus.

– Vous êtes humain et généreux, superintendant ; dois-je vous parler de ma vieille mère ?

– Non.

– De mes grands parents ?

– Pas davantage ; ils sont tous morts depuis longtemps et n'ont pas la moindre envie de ressusciter pour être exploité par vous.

– Sans issue ?

– Sans issue !

– Même pas une petite rallonge ?

– Même pas.

– Vous êtes dur.

– Ce n'est pas vous qui nous avez signalé cette affaire, mais nous qui vous l'apportons.

D'un air dépité, Malkus vida sa chope.

– Argument correct. Je peux en avoir une seconde ?

Marlow approuva.

– Sympathique, cet endroit.

– Avez-vous vu cet homme ? interrogea Higgins, très calme.

– Celui qui a été admis dans mon gymnase avec une carte de bienfaiteur était son sosie.

– Comment obtient-on cette carte ?

– En payant cinq fois le prix de l'admission ordinaire ; lui a même ajouté une belle rallonge. Enfin, lui... la société qui l'employait.

– Son nom ?

– John Smith Industries.

« Inutile de fouiller », estima Scott Marlow ; « à l'évidence, une banale couverture des services secrets. »

– Cette carte donne-t-elle droit à des avantages ?

– Ben... Une priorité pour le travail à l'espalier, à l'aviron, à la poutre, aux...

– J'entendais : des avantages très particuliers ?

– Il faut comprendre les difficultés des petits exploitants comme moi, inspecteur ; la gymnastique et la musculation, ça réclame des efforts et les gens ne veulent plus en faire. Forcément, il faut des rentrées parallèles ; certains membres bienfaiteurs veulent pratiquer un autre genre de gymnastique, si vous voyez ce que je veux dire...

– Ça suffit, intervint Marlow ; épargnez-nous vos turpitudes.

– Si vous voulez des explications qui tiennent debout...

– Vous louez donc des salons privés, conclut Higgins, pour des personnalités qui recherchent une tranquillité certaine.

– Voilà, inspecteur ! Ce n'est pas tout à fait une aide sociale, mais par certains côtés...

– Cet homme a-t-il loué l'un de vos salons ?

– Le plus confortable.

– Combien de fois ?

– Une fois par semaine, depuis trois mois.

– Venait-il accompagné ?

– Ça, vous pouvez le dire ! Il ne se déplaçait pas sans quatre gorilles qui ne le lâchaient pas d'une semelle, sauf à l'intérieur du salon, bien entendu.

– Avez-vous parlé avec lui ?

– J'ai vu la couleur de son argent, mais je n'ai pas entendu le son de sa voix ; notez bien que ça me convenait.

– Lui procuriez-vous les services d'une... hôtesse ?

– Hélas ! non. Pourtant, je ne manque pas de jeunes personnes disponibles et qualifiées.

– Autrement dit, il venait avec quelqu'un.

– Non, inspecteur ; quelqu'un venait.

– Avez-vous vu cette femme ?

– À peine.

– Ne m'irritez pas, Malkus ! tonna le superintendant.

– Bon, bon je l'ai vue.

Higgins montra au directeur du club Hercule le visage de Cassandra Tyndal qu'il avait dessiné avec précision.

– S'agit-il de cette personne ?

– Oui, inspecteur.

CHAPITRE XXV

Profitant d'une éclaircie qui s'annonçait de courte durée, la vieille Bentley sécha ses tôles au vent londonien en se dirigeant vers le Monument. Les mains crispées sur le volant, Scott Marlow se laissait conduire.

– Cassandra Tyndal, la maîtresse de Pancras, dont les ébats sont payés par nos services secrets... Dans quel monde vivons-nous, Higgins ?

– Il se rapproche rapidement du chaos, mais Scotland Yard est là pour lutter contre la fatalité.

– Mission impossible, ne croyez-vous pas ?

– Un superintendant de première classe ne redoute pas le destin.

– Vous avez raison, Higgins ; nous sortirons de ce marécage et la mémoire de Lord David Watercombe sera vengée.

Martial, Marlow franchit l'espace jusqu'au Monument. La grande colonne, érigée en souvenir du Grand Incendie, continuait à dominer la City. Conformément au message de Jane Richmond-Lambeth, les deux policiers gravirent l'escalier en colimaçon qui menait au sommet.

Que restait-il des 13 200 maisons, des 89 églises, des

400 rues et des 175 hectares brûlés lors de la catastrophe ? Le fantôme d'une cité médiévale, tortueuse et prospère, enfoui sous des buildings arrogants. La vue du nouveau Londres ne réjouit pas Higgins ; par bonheur, la beauté de Jane Richmond-Lambeth dissipa la nostalgie qui s'accumulait derrière les grilles qui empêchaient les désespérés de se jeter du haut du Monument.

Son tailleur beige clair était un modèle de distinction, son sourire triste une merveille de séduction ; Botticelli se serait agenouillé devant elle et l'aurait suppliée de ne pas bouger jusqu'à ce qu'il parvienne à fixer sur une toile la beauté de son visage.

– Merci d'être venus, messieurs.

– Votre message était attirant ; quel policier résisterait à des révélations ?

– J'ai longtemps hésité ; si je vous dis toute la vérité, vous serez contraints de m'inculper.

– La décision vous appartient ; si vous le souhaitez, nous partons.

Marlow déplora la faiblesse de Higgins ; puisque Jane Richmond-Lambeth avait dérangé Scotland Yard, elle devait parler.

– Ma décision est prise.

La gravité du ton indiquait que la démarche de la jeune femme n'était pas superficielle.

– Parmi les clients de la banque Ryadis-Aoussidant, révéla-t-elle, il y en a un qui ne ressemble pas aux autres. Il m'a été présenté par Oliver Gunnersbury comme un homme d'affaires sud-américain dont je devais m'occuper avec le plus grand soin, afin de faire prospérer au maximum les sommes importantes qu'il me confierait. Je n'ai vu cet investisseur qu'une seule fois, il m'a fait peur ; cet homme était glacial, entièrement vêtu de noir. J'ai même cru comprendre qu'il me faisait des avances, que j'ai repoussées sans ménagement et j'ai refusé de m'occuper de ses intérêts.

– Un incident presque banal, dans votre métier.

– Non, inspecteur ; je suis presque sûre que cet homme est un terroriste nommé Pancras.

– Pourquoi ?

– J'ai vu sa photographie dans le Times, il y a quelques mois ; elle m'avait beaucoup impressionnée. C'était bien ce visage-là, fermé ; indéchiffrable, porteur de mort. Si vous saviez comme j'ai eu peur... C'est à cause de cette peur que je me suis tue jusqu'à présent. J'ai conscience de mes responsabilités ; j'aurais dû faire part de mes soupçons à la police qui m'accusera de non dénonciation de malfaiteur.

– Ce repentir effacera sans doute votre faute.

– Merci de me prendre au sérieux.

– C'est d'autant plus facile que vous ne vous êtes pas trompée.

Jane Richmond-Lambeth fut étonnée.

– On jurerait que vous l'avez rencontré !

– En effet.

– C'était donc bien Pancras...

– Votre intuition était juste et vous fûtes sage de vous en écarter. Lorsque je l'ai interrogé, il a prétendu ne pas vous connaître.

– Il ment.

– Je n'en doute pas.

– Je me demande si Gunnersbury était au courant...

– Vous-même, madame, ne nous avez-vous pas dissimulé un fait important ?

Le beau visage se crispa.

– Je ne vois pas lequel, inspecteur.

– Votre mariage.

– Quelle importance ?

– Ce fut quand même un mensonge par omission.

– En quoi ma vie privée concerne-t-elle votre enquête ?

– La question mérite d'être posée.

– J'aimerais autant ne pas parler d'une expérience malheureuse.

– Permettez-moi d'insister.

– Ne renoncerez-vous pas ?

– Ne me devez-vous pas quelques confidences, après ce mensonge par omission ?

– Est-il un être plus persuasif que vous, inspecteur ? J'ai été mariée à Sir Sigismond Latersheep, c'est vrai, mais ce fut une regrettable erreur.

– Pourquoi l'avoir épousé ?

– Un enchaînement de circonstances doublé d'un manque de lucidité de ma part.

– Vous me jugerez peut-être grossier, mais l'activité professionnelle de Sir Sigismond n'a-t-elle pas joué un rôle dans votre union ?

– Je ne le nie pas ; j'avais le désir de faire carrière dans la finance. Être remarquée et désirée par un spécialiste de l'envergure de Sir Sigismond était une sorte de miracle.

– Ne vous a-t-on pas mise en garde contre sa morale très particulière ?

– Si, mais je n'ai pas écouté ! Il m'a trompée le lendemain de notre mariage, et nous nous sommes très vite aperçus que nos caractères étaient incompatibles. Lui n'acceptait pas de modifier son mode de vie et il me trouvait bien trop... rigide.

– J'ai une question fort indiscrète à vous poser.

– Serai-je contrainte de vous répondre ?

– À votre guise.

– Posez votre question.

– Votre liaison avec M. Ahmed est-elle antérieure ou postérieure à votre divorce ?

Jane Richmond-Lambeth sourit.

– Postérieure, inspecteur, bien postérieure ! J'ai divorcé un mois après mon mariage, en parfait accord avec Sigismond.

– Aurait-il renoncé à vous si facilement ?

La jeune femme noua un foulard de soie autour de son cou ; au sommet du Monument, le vent semblait très frais.

– Oui et non, inspecteur ; Sigismond est un être plus complexe qu'il n'y paraît. D'un côté, il affiche son goût pour la luxure, le plaisir sous toutes ses formes, il collectionne les femmes ; de l'autre, il souhaiterait la stabilité, une épouse fidèle, mais souffrirait aussitôt de l'uniformité. Comme il ne parvient pas à maîtriser ces contradictions, il se laisse aller à la facilité.

– A-t-il été en contact avec Pancras ?

– Pas à ma connaissance.

– Après votre divorce, quelle fut la nature de vos relations ?

– Plutôt amicales. À quelques reprises, il a tenté de me faire la cour, comme s'il voulait ressusciter un passé à jamais éteint. Bien entendu, je lui ai fait comprendre qu'il devait cesser ce petit jeu, s'il désirait me revoir.

– Ne vous a-t-il pas mise en garde contre la banque Ryadis-Aoussidant ?

– Il estimait que c'était un établissement d'avenir.

– Grave erreur d'analyse.

– Critique injustifiée, inspecteur ; Omar Ahmed inspirait confiance aux investisseurs, Oliver Gunnersbury aussi. L'un apportait ses capitaux, l'autre sa compétence technique ; pourquoi les spécialistes leur auraient-ils refusé leur confiance ?

– Sir Sigismond ne comptait-il pas s'emparer de la banque Ryadis-Aoussidant avec votre aide ?

– Astucieux, inspecteur, mais irréalisable ; de plus, nous jouions chacun notre partition et je n'avais nullement l'intention de lui prêter main-forte. Si j'ai traité un certain nombre d'affaires avec cette banque, c'est uniquement pour mon compte.

Des pigeons nerveux tentaient en vain de s'accrocher aux grilles avant de reprendre leur vol vers leur place favorite, Trafalgar Square.

– Lord David Watercombe et Sir Sigismond Latersheep passaient pour être les meilleurs amis du monde.

– N'exagérons rien, inspecteur.

– Ils étaient en désaccord sur la morale pratique, mais cette dissension n'avait pas brisé leur entente.

– J'en suis moins sûre que vous.

– Pourquoi ce doute ?

– J'ai entendu parler de querelles internes, dans les couloirs du club Goldfare, à propos de l'élection du président.

– Qui aurait osé contester le règne de Lord David Watercombe ?

– Sigismond lui-même, peut-être ; avait-il une autre solution pour demeurer au club d'où son vieil ami désirait le chasser, en raison de sa conduite dissolue ?

– Était-ce si grave ?

– Plus que vous ne le pensez, car la réputation de ce cher Sigismond eût été gravement atteinte ; d'où une baisse certaine de son volume d'affaires et une mise à l'écart inévitable du groupe des investisseurs privilégiés.

– Ce sont des accusations très graves contre votre ex-mari, nota Scott Marlow.

– Je n'en ai pas l'impression, superintendant ; n'y voyez que de simples remarques, sans intention de nuire. D'ailleurs, qui pourrait penser un seul instant que Sigismond a tué Lord David Watercombe ?

CHAPITRE XXVI

Sir Sigismond Latersheep reçut Higgins et Marlow dans son vaste bureau directorial, décoré d'un portrait peint par Gainsborough. Les boîtes en or du XVIIIe siècle, enrichies d'émaux et de diamants, la commode provenant de Versailles et le tapis tissé en 1692 dans les ateliers de la Savonnerie démontraient un goût certain pour l'artisanat français qui irrita le superintendant.

Agréable et chaleureux, l'aristocrate offrit à ses hôtes un excellent porto.

– Pardonnez mon état de fatigue, messieurs, mais je viens de subir quelques soirées mondaines plutôt agitées ; à mon âge, il serait temps de me restreindre, mais la vie est si courte ! Après tout, ne vaut-il pas mieux mourir en bonne santé ?

– Vous paraissez plein d'allant, nota Higgins.

– Les affaires vont bien, ça me redonne du tonus. Où en êtes-vous, dans votre enquête ?

– Nous progressons.

– J'espère que l'assassin de David sera bientôt sous les verrous.

– Nous sommes raisonnablement optimistes.

– De quelle manière puis-je vous aider ?

– En éclaircissant quelques points obscurs.
– Je suis à votre disposition.
– J'aimerais que nous parlions de Jane Richmond-Lambeth.
– Ah, inspecteur, les affaires de cœur ! Jane est beaucoup moins douée pour l'amour que pour la finance... D'un commun accord, nous avons décidé d'oublier notre mariage, cet épisode désastreux de nos existences. Elle était belle, attirante, intelligente, mais elle n'admettait pas mes infidélités. Je l'avais pourtant prévenue : une seule femme ne pouvait me suffire. Sans doute a-t-elle cru qu'elle parviendrait à modifier mon caractère et à me retenir à la maison, tel un bon bourgeois vieillissant ; erreur d'appréciation, messieurs. Nous avons divorcé un mois après notre mariage et je vous avoue que c'est un épisode tout à fait oublié ; j'espère qu'il en est de même pour elle.
– Merci de votre sincérité, Sir Sigismond.
– C'est tout naturel ; d'ailleurs, dans les histoires de cœur, il n'y a que le naturel qui vaille ! J'ai toujours trouvé ridicules les hommes qui cachent le nom de leurs maîtresses ou tentent de dissimuler leurs aventures.
Ce discours fit frémir Scott Marlow, adepte d'une morale victorienne intransigeante ; malgré sa bonhomie, Sir Sigismond lui était de moins en moins sympathique. Un dépravé ne finissait-il pas par commettre des actes inqualifiables ?
– Nous avons interrogé un terroriste nommé Pancras, révéla Higgins ; ce redoutable personnage possédait un compte à la banque Ryadis-Aoussidant.
– Je m'en doutais.
– Que voulez-vous dire ? s'étonna Scott Marlow.
– Je me doutais que cette banque frôlait l'illégalité.
– Pancras nous a affirmé qu'il ne vous connaissait pas.
– Il ment ; nous nous sommes rencontrés à deux

reprises, dans une boîte de nuit. Comme il comptait résider à Londres de plus en plus souvent, il cherchait un financier capable de faire fructifier sa fortune ; l'aventure ne m'a pas tenté.

– L'aviez-vous reconnu ?

– Oui, et je lui ai signifié que j'étais incompétent.

– N'auriez-vous pas dû avertir la police ?

– Je n'ai pas honte de l'avouer : j'ai eu peur. Le silence m'a paru préférable, pour garantir ma propre sécurité. Ce type vêtu de noir, avec ses lunettes noires qui dissimulent son regard, m'a glacé le sang ; il doit tuer comme il respire. Mais alors... s'il est lié à la banque Ryadis-Aoussidant, n'est-ce pas lui qui a supprimé David ? Mais oui, c'est cela ! David n'aurait pas eu peur, lui ; il aurait dénoncé ce terroriste aux autorités et fait fermer la banque. C'est Pancras, ce ne peut être que Pancras ! Qui d'autre qu'un professionnel du meurtre aurait osé s'attaquer au gouverneur de la Banque d'Angleterre, qui d'autre aurait réussi son coup sans se faire prendre ?

Marlow jugea l'argumentation plutôt convainquante.

– C'est une hypothèse que nous retenons, déclara Higgins.

– Une hypothèse ? s'insurgea Sir Sigismond Latersheep ; mais non, inspecteur ! C'est une certitude, une certitude absolue ! Bien sûr, il vous sera difficile de l'arrêter. Ce genre de personnage possède au moins dix passeports et voyage d'un pays à l'autre comme si les frontières n'existaient pas. David victime d'un tueur professionnel... Quelle fin terrifiante !

– Votre ex-femme nous a beaucoup parlé du club Goldfare.

Sir Sigismond Latersheep gratta la grosse verrue qui déparait sa joue droite.

– C'est ma faute... J'ai été trop bavard. Mais vous

connaissez Jane ! Ce club la passionnait, elle me posait mille questions, j'ai parfois répondu.

– La succession de Lord David Watercombe à la tête du club était donc ouverte ?

– Ouverte... Oui et non.

– Oui et non ? insista Marlow.

– David prenait de l'âge, la Banque d'Angleterre occupait presque tout son temps... Il aurait fait un excellent président d'honneur et une autorité morale à vie.

– N'étiez-vous pas candidat à sa succession ? demanda Higgins.

– De moi-même, certainement pas ; mais vous connaissez la vie : il est parfois impossible de résister à certaines pressions amicales.

– L'affrontement entre vous et David Watercombe ne s'annonçait-il pas très violent ? J'ai entendu dire qu'il souhaitait vous exclure du club pour immoralité.

– Une vieille légende qui refleurit de temps à autre ! Notre amitié résistait à toutes les tempêtes, soyez-en sûr, et il n'y aurait pas eu le moindre affrontement. Si David avait persisté dans sa volonté de demeurer à la tête du club, je me serais effacé.

– D'autres candidats ?

– L'habituel faire-valoir pour faire semblant de respecter la démocratie interne, en l'occurrence Paul Kneller ; et deux banquiers de la City qui n'avaient aucune chance mais souhaitaient faire parler d'eux à l'intérieur de notre cercle. Le folklore habituel et nécessaire.

– Bref, c'était Lord David Watercombe ou vous.

– La formule est brutale mais juste, avec cette réserve que le choix aurait été établi entre nous, et non devant nos électeurs.

– Oliver Gunnersbury ne s'était-il pas porté candidat ?

Sir Sigismond Latersheep éclata de rire et frappa du

poing sur son bureau, en proie à une crise d'hilarité débridée.

– Mais si, vous avez raison, dit-il en essuyant des larmes avec son mouchoir ; ce malheureux Gunnersbury avait en effet postulé au titre de président du club Goldfare. Gunnersbury, avec ses cheveux gominés, sa face de lune, et ses costumes hors de prix qui ne lui iront jamais ! Comment diable s'est-il fourré cette idée dans la tête ? David n'avait pas un penchant prononcé pour l'humour, et je ne l'ai pas vu souvent sourire ; mais lorsque Gunnersbury lui a suggéré d'appuyer sa candidature, il a été victime d'un fou-rire.

– C'est donc lui qui vous en a parlé ?

– Oui, inspecteur ; David et moi avons aussitôt mis bon ordre à ce ridicule débordement. La plupart des parvenus en font trop, mais Gunnersbury figure vraiment en tête de liste !

La gorge sèche, Sir Sigismond remplit à nouveau les verres d'un *vintage* de grande classe. Bien qu'il fût en service, Marlow ne pouvait l'injurier en refusant.

Higgins feuilleta son carnet noir et s'arrêta sur une page à moitié remplie.

– Votre collaboration m'est nécessaire sur un autre point, Sir Sigismond.

– Elle vous est acquise, inspecteur.

– Vous aimez les femmes et vous les connaissez bien.

– Qui peut se vanter de bien les connaître ?

– Ceux qui les aiment parviennent à percer certains de leurs secrets.

– Dans ce domaine, modestie et prudence s'imposent !

– Puis-je néanmoins en appeler à votre expérience ?

– Je vous en prie... Le sujet me passionne, c'est vrai.

– Le sujet précis se nomme Cassandra Tyndal.

– Vous avez un goût excellent, inspecteur.

– Je m'interroge sur la véritable identité de cette jeune et belle personne ; à force de persévérance, je finirai bien par la découvrir, mais vous me feriez gagner un temps précieux en me la dévoilant.

– Vous semblez croire que j'en suis informé.

– Cela ne fait aucun doute ; pendant l'une de vos soirées mondaines où l'on boit toujours trop, l'attention se relâche et les défenses faiblissent. Vous avez certainement obtenu des confidences, curieux que vous étiez de tout savoir de cette jolie femme.

Lord Sigismond Latersheep passa l'index droit sur le rebord de son verre en cristal, jouant ainsi une mélodie un peu grinçante.

– Il n'est pas facile de vous cacher des informations, inspecteur.

– Les exigences du métier, Sir Sigismond.

– Pour rendre hommage à votre perspicacité, j'accepte de vous dire ce que Cassandra a consenti à m'apprendre ; attendez-vous à un choc.

Comme Higgins l'avait pressenti, l'aristocrate avait un penchant prononcé pour les effets théâtraux ; un premier interrogatoire ne lui suffisait pas. Il lui avait fallu du temps pour préparer son coup de théâtre et briller de tous ses feux.

– Cassandra Tyndal est la fille d'Omar Ahmed.

L'air effaré de Scott Marlow donna pleine satisfaction à Sir Sigismond ; le sang-froid de Higgins le surprit.

– Vous n'aviez quand même pas deviné ?

– Que vous a-t-elle dit, sur son père ?

– Rien, sinon qu'elle haïssait le monde de l'argent et qu'elle voulait le détruire. Belle, mais dangereuse ; le genre de femme dont on a intérêt à s'éloigner sans tarder. Ce qu'elle a ajouté m'a d'ailleurs fait fuir encore plus vite : « Restez à distance, cher Sigismond, car je suis aimée d'un homme redoutable et intouchable. »

Cet homme, Marlow et Higgins l'avaient identifié : le terroriste Pancras.

CHAPITRE XXVII

Scott Marlow avait d'abord contesté le choix stratégique de Higgins puis s'était rendu aux raisons de son collègue : puisque le choc était inévitable, surtout ne pas le différer davantage. L'épreuve ne serait pas facile à vivre, et le superintendant se félicitait de ne pas avoir à l'affrontrer seul.

Cassandra Tyndal avait accepté l'invitation de Higgins et s'était rendue, en taxi, au Ye Olde Cheshire Cheese, l'un des plus vieux pubs de Londres, sis dans Fleet Street, dans le quartier du Strand. De la part de l'ex-inspecteur-chef, ce choix n'était pas tout à fait innocent ; dans ce cadre typiquement britannique, où l'on servait le Steack and Kidney Pie, un pâté à la viande et aux rognons, du haddock et des pommes de terre bouillies, et une bière brune qui pouvait provoquer une légère léthargie, la belle Orientale ne serait pas en terrain conquis, comme dans un restaurant luxueux où l'apparence comptait plus que la convivialité.

Quand elle passa la porte du Ye Olde Cheshire Cheese, Cassandra Tyndal provoqua quelques murmures admiratifs ; pourtant, nombre de clients regrettaient la belle époque où les pubs étaient interdits aux femmes. Higgins se leva et l'invita à s'asseoir à sa table, dans un angle tranquille.

La jeune femme avait poussé l'art du maquillage à un degré de raffinement extrême ; hâlée, sans être bronzée, elle sortait d'un rêve de peintre orientaliste, envoûtée par la magie d'un soleil levant. Un brun bambou relevait ses paupières, une poudre lumineuse faisait rayonner l'éclat de son front et de ses joues, un rouge profond chanter ses lèvres. Ses cheveux noirs mi-longs s'alanguissaient sur ses épaules en partie dénudées ; son chemisier jaune, au flou transparent, ne cessait de glisser. Un collier à sept rangs de perles cachait des monts et des vallées que les poètes orientaux avaient su évoquer avec une tendresse inégalable.

Le Ye Olde Cheshire Cheese, de même que le superintendant Marlow, vacillait sur ses bases.

– Que me conseillez-vous ? demanda-t-elle de sa voix chaude, teintée d'un léger accent.

– La cuisine locale et la bière locale, recommanda Higgins.

– J'espère qu'elles tiennent au corps, car j'ai faim et soif.

– Vous ne devriez pas être déçue ; je vous recommande cependant de ne pas abuser de la bière dont la tonicité peut surprendre.

– N'ayez crainte, je supporte plutôt bien l'alcool. Je suppose que vous ne m'avez pas convoquée pour échanger des banalités sur le temps ou sur la crise monétaire ?

– Invitée, rectifia Higgins.

– Vous êtes un homme de nuances, inspecteur.

– Ne sont-elles pas le parfum de la vie, mademoiselle ? Le vert d'une pelouse n'est semblable à aucun autre, la couleur du sable varie d'une dune à l'autre.

– J'en déduis que vous cherchez des « nuances » dans mon témoignage ?

– C'est une manière de voir les choses.

– J'ai dit ce que j'avais à dire et je n'y reviendrai pas.

La cuisine traditionnelle anglaise ne déplut pas à la jeune femme ; elle dégusta à belles dents et apprécia la bière brune à sa juste valeur.

– Moi, je suis obligé d'y revenir, annonça Higgins avec un bon sourire.

– Me gâcheriez-vous ce succulent repas ?

– Enquête oblige.

– N'avez-vous pas encore arrêté l'assassin ? Vous me décevez, inspecteur.

Marlow n'était plus fasciné, mais irrité ; à la place de Higgins, il eût été beaucoup plus direct.

– Porter une si grave accusation et arrêter un homme ne sont pas des tâches aisées, mademoiselle ; une erreur aurait des conséquences dramatiques.

– Scotland Yard garderait-il un vieux fond d'humanité ?

– Nous prendriez-vous pour des bourreaux ? demanda le superintendant.

– Je hais l'armée et la police, ici comme ailleurs.

– Qu'un homme ait été assassiné ne vous émeut-il pas ?

– Je n'éprouve d'émotions que pour les êtres que j'aime ; votre Lord est pour moi un inconnu, et il est mort comme des milliers d'autres inconnus.

– Pas tout à fait, puisque vous l'avez croisé et qu'il a été victime d'un meurtre.

– Rapprochement tendancieux, inspecteur ?

– Parlons d'une personne qui vous est chère, Omar Ahmed.

La jeune femme sursauta.

– Je n'en ai pas la moindre envie.

– Quand êtes-vous allée chez lui pour la dernière fois ?

– J'ignore son adresse.

– Ayez un peu de considération pour nous, mademoiselle, et épargnez-nous de nouveaux mensonges ; Scotland Yard tente de faire correctement son travail et obtient d'assez bons résultats. Établir la véritable identité d'une personne nous est habituel.

– Je m'appelle Cassandra Tyndal.

– Qui sont vos parents ?

– Ma mère est morte.

– Et votre père ?

Les yeux noirs de la jeune femme eurent envie de dévorer Higgins.

– Cette question n'a aucun rapport avec votre enquête.

– Détrompez-vous.

– Mon père mène sa vie, moi la mienne.

– Ce n'est pas tout à fait exact, puisque vous vivez tous les deux à Londres ; de plus, vous vous fréquentez.

– N'ai-je pas le droit de dire à Omar Ahmed ce que je pense de son comportement ? Qu'il me rejette parce que mon caractère lui déplaît, je pourrais l'admettre ; mais qu'il agisse ainsi parce que je suis sa fille naturelle est une lâcheté insupportable. Ma présence à Londres l'importune, paraît-il... Eh bien, je resterai et je ferai parler de moi. Qu'une femme puisse troubler la quiétude d'Omar Ahmed, quel affront !

– Pourquoi avoir caché qu'Omar Ahmed était votre père ?

– Parce que j'en ai honte ; c'est ma souffrance, et j'entends la supporter, sans l'aide de personne.

– Ne devriez-vous pas vous éloigner de lui ?

– Je ne retournerai pas dans mon pays d'origine où les hommes méprisent tant les femmes ; je me suis installée ici pour vivre libre et à ma guise. Et il est venu, pour faire des affaires, gagner encore plus d'argent, afficher ses milliards et m'obliger à partir !

– Contrairement à ce que vous semblez croire,

M. Ahmed ne jouissait pas d'une excellente réputation dans les milieux financiers.

– Pourquoi lui aurait-on permis d'acquérir une banque ? C'est vous qui vous trompez ; Omar Ahmed exerce un tel pouvoir de séduction qu'il parvient à convaincre ses plus farouches adversaires de l'aider à s'enrichir.

– Votre père vous a-t-il menacée ?

– Il m'a sommée de disparaître, j'ai refusé, et je lui ai rappelé que nous nous trouvions en Angleterre. Ici, les lois de son clan ne s'appliquent pas et les femmes disposent d'une existence autonome.

– L'a-t-il admis ?

– Il a continué à me menacer.

– N'avez-vous pas tendance à jouer avec le feu, mademoiselle ?

– Souhaiteriez-vous m'enseigner la sagesse, inspecteur ?

– Loin de moi pareille vanité, mais ne redoutiez-vous pas les capacités d'intervention de votre père ?

– Nous sommes en Angleterre, et je ne redoute rien ; pour une fois, il se brisera les dents.

– Il existe d'autres manières de courir de graves dangers.

Cassandra Tyndal regarda Higgins avec des yeux faussement étonnés.

– Je ne comprends pas, inspecteur.

– M'obligerez-vous à préciser ?

– Cela m'intéresserait au plus haut point.

– N'avez-vous pas une relation... suivie avec un dénommé Pancras ?

– Je ne connais pas ce nom-là.

– Et ce visage ?

Higgins montra à la jeune femme la page du carnet noir sur laquelle il avait dessiné le visage et la silhouette de Pancras.

– Ah oui, c'est Gilbert, en effet... J'ignorais son nom de famille.

– Que pensez-vous de lui ?

– Mais... rien, inspecteur ! Gilbert est un garçon charmant, sympathique et intelligent.

– Un ami ?

– Non, mon amant.

– Êtes-vous informée de sa... profession ?

– Ce genre de détail ne m'intéresse pas.

– Pancras, que vous connaissez sous le nom de Gilbert, est un terroriste accusé d'avoir commis de nombreux attentats.

– Preuves ou ragots ? Dès qu'un individu sort de l'ordinaire, il est soupçonné des pires méfaits.

– Avez-vous songé que cet homme pouvait se servir de vous ?

– En amour, il faut être deux ; il y a lui, il y a moi, le but est donc atteint. Le reste ne m'intéresse pas.

– Votre père sait-il que Pancras est votre amant ?

– En principe, mon père sait tout.

– Vous a-t-il mise en garde ?

– Ce n'est pas lui qui choisit mes amants, mais moi ; et j'ai les amants que je désire avoir, sans tenir compte des avis des uns et des autres.

Outré, Scott Marlow se demandait comment le monde échapperait à cette dérive qui, jour après jour, sapait les bases de la morale.

– Votre existence pourrait être menacée, mademoiselle ; Pancras est capable du pire.

– C'est mon existence, inspecteur, et elle n'appartient qu'à moi ; quoi qu'il arrive, je serai responsable.

– Impossible de vous faire changer d'avis ?

– Impossible ; d'autres questions ?

– Non.

– Ce pub est charmant, mais je suis invitée à Covent Garden et je dois m'habiller.

– Bonne soirée, mademoiselle.

Superbe, Cassandra Tyndal déploya son corps longiligne et, sous le regard de nombreux admirateurs, sortit de Ye Olde Cheshire Cheese.

CHAPITRE XXVIII

Le superintendant Marlow hésitait. Comme Higgins, il avait suivi plusieurs pistes, changé plusieurs fois d'hypothèse et de suspect. Parfois, il avait cru tenir la vérité ; mais une réponse, lors d'un interrogatoire, l'avait fait changer d'avis, puis une autre, et encore une autre... À présent, bien qu'il croulât sous une masse d'indices, il était dubitatif.

Assis en face de lui, Higgins paraissait perdu dans une méditation sans fin ; le superintendant, après une longue patience, osa la briser.

– Quelle est la prochaine étape, Higgins ?

– Qui pourrait la prédire ?

– Mais... N'avez-vous pas découvert le coupable ?

Le téléphone sonna, le superintendant décrocha.

– Oui, c'est moi... Oui, l'inspecteur-chef Higgins est ici... Mais qui êtes-vous ?... Bon, je vous le passe.

Marlow tendit le combiné à son collègue.

– Higgins à l'appareil... Dans une heure, à Temple Church ? Entendu.

– Qui était-ce ?

– Quelqu'un qui déguisait sa voix avec un mouchoir.

– Il vous a fixé rendez-vous ?

– En effet.
– Je vous accompagne.
– Il a précisé : venez seul.
– N'y allez pas sans protection !
– Je ne risque rien, superintendant.
– Et s'il s'agissait de Pancras ? Supposez qu'il ait décidé de vous éliminer parce que vous avez approché la vérité de trop près.
– En ce cas, vous reprendrez l'affaire.
– Higgins, soyez raisonnable.
– À bientôt, superintendant.

*
**

Temple Church, l'église gothique des Templiers, de forme ronde, se trouvait dans le quartier de Inner Temple, traversé par un réseau de ruelles venant du quai Victoria ; la nef circulaire du monument était un hommage au Saint Sépulcre de Jérusalem où l'ordre des Templiers avait pris naissance. La Sainte Milice du Christ, devenue une puissante organisation financière, avait essaimé dans toute l'Europe, avant d'être détruite par la papauté et les souverains qui avaient intérêt à la voir disparaître.

Plusieurs chevaliers du Temple avaient été enterrés là, passant leur éternité près de la Tamise. Sur leurs dalles funéraires, le sculpteur avait représenté l'épée et le bouclier qui leur avaient permis de se battre pour leur idéal en combattant contre le mal.

L'église était déserte.

Caché derrière un pilier, un homme qui n'avait aucun lien, proche ou lointain, avec les Templiers.

Higgins n'avait pas peur de la mort. En Orient, il

avait appris à apprivoiser « cette douce amie de l'homme », comme l'écrivait Mozart.

– Monsieur Gunnersbury... Pourquoi ce rendez-vous rocambolesque ?

Le directeur de la banque Ryadis-Aoussidant ne semblait pas au mieux de sa forme ; il semblait plus lourd et plus épais que d'ordinaire, avait revêtu un pull-over trop large et un pantalon de golf trop étroit.

– Ça va mal, inspecteur. Très mal.

– Le bureau du superintendant ne vous convenait pas ?

– Pas du tout ; ce que je vais vous révéler ne doit figurer dans aucun rapport officiel.

– Les Templiers enterrés ici ne devraient pas vous trahir.

– J'exige la protection de Scotland Yard.

– Pour quelles raisons ?

– Il en existe deux.

– Je vous écoute.

– La première est politique. Grâce à un travail acharné, j'ai réussi à attirer dans ma banque les capitaux un peu douteux de quelques tyrans africains, en leur assurant une rémunération... parallèle. Si mon établissement est pris dans un scandale, il sera fermé et ces clients-là perdront tout.

– Il existe parfois une justice immanente, estima Higgins.

– Pour moi, c'est la catastrophe ! Ces types sont avares et rancuniers, croyez-moi ; s'ils me mettent la main dessus, que restera-t-il de moi ?

– Je crains de ne pouvoir négocier votre intégrité physique auprès de tyrans africains mécontents de votre gestion.

– Mettez-moi en prison !

– Comme assassin de Lord David Watercombe ?

– Ne plaisantez pas, ce n'est vraiment pas le moment.

– Je vous vois mal dans le costume d'un réfugié politique dans votre propre patrie, monsieur Gunnersbury.

– Vous devez m'aider, inspecteur ! C'est un cas d'assistance à personne en danger.

– La seconde raison ?

– Celle-là, elle vaut cher !

– Mes capitaux sont limités, monsieur Gunnersbury.

– La clé de cette enquête vaut un abri sûr !

– S'agit-il bien de cette clé ?

– Si je vous le dis !

– Désolé de vous décevoir, mais cette assurance ne me suffit pas.

– Bon... Je vais être obligé d'en dire un peu plus.

– C'est certain.

– Si j'accepte de porter le chapeau, j'en prendrai pour combien d'années ?

– Je ne suis pas juge.

– Avec votre réputation, vous devez pouvoir m'arranger le coup.

– Vous vous illusionnez.

– Écoutez, inspecteur... Omar Ahmed m'a proposé une forte somme pour affirmer que j'ai tué Lord Watercombe en état d'ébriété et sans savoir ce que je faisais.

– À propos, comment avez-vous procédé ?

Le regard d'Oliver Gunnersbury devint malicieux.

– Ça, c'est vous qui allez me le dire pour que mon témoignage soit cohérent. Vous, vous aurez votre coupable ; la City sera satisfaite de la chute de ma banque ; moi, après quelques années de prison, je serai riche. Et vous aussi, inspecteur... Parce que toute peine mérite salaire.

– Tentative de corruption de fonctionnaire ?

– Pas de grands mots !

– Avez-vous cru une seule seconde que votre plan avait la moindre chance de réussir ?

Oliver Gunnersbury gratta sa barbe.

– Dans les circonstances actuelles, je devais tenter quelque chose... C'est raté, non ?

– On doit vous attendre à votre bureau.

– Côté affaires, je n'ai plus trop le moral.

– Je croyais que vous n'aviez rien à vous reprocher ?

– Un banquier est un banquier.

Sur cette forte parole, Oliver Gunnersbury sortit de Temple Church.

Levant les yeux vers les voûtes, Higgins estima que l'endroit était propice à la réflexion. Il choisit une chaise paillée de bonne qualité, s'assit et feuilleta lentement son carnet noir.

Les matériaux s'étaient accumulés les uns après les autres, tantôt divergents, tantôt convergents ; après avoir été spectateur, l'ex-inspecteur-chef devait à présent intervenir de manière active, éliminer le secondaire et privilégier l'essentiel.

Les fausses pistes s'étaient multipliées, sans être tout à fait fausses, mais aucune ne menait directement à la bonne, comme si les chemins s'entrecroisaient pour mieux égarer le voyageur en quête de vérité. Et puis il y avait eu ce détail, cet infime détail, qui n'était même pas une preuve, même pas un indice mais qui, pour l'esprit de Higgins, avait joué le rôle d'un éclair illuminant les ténèbres. Depuis qu'il raisonnait à partir de ce détail, tout s'éclairait et les divers éléments de l'enquête se mettaient à leur juste place.

Encore faudrait-il que l'assassin cède sous la pression des arguments, car les preuves matérielles faisaient défaut et il n'existait aucun espoir d'en découvrir.

Après avoir salué la mémoire des Templiers, Higgins regagna Scotland Yard.

*
**

– Higgins, enfin ! Qui était-ce ?

– Oliver Gunnersbury, mon cher Marlow.

– Gunnersbury... Mais qu'est-ce qu'il voulait ?

– Acheter la collaboration du Yard pour échapper à la vengeance de clients mécontents.

– Acheter le Yard ! Est-il devenu fou ?

– Pour lui, tout a un prix, tout s'achète et se vend ; c'est l'un des cancers de notre époque, superintendant.

– Est-il passé aux aveux ?

– Non.

– J'ai une détestable nouvelle à vous apprendre, Higgins ; les services secrets m'ont informé que nous ne pourrions plus importuner Pancras, car il prend l'avion dès demain et quitte l'Angleterre. Je regrette l'époque où j'appartenais à une batterie anti-aérienne qui abattait les avions nazis.

– Demain, superintendant, nous serons très occupés ; voulez-vous convoquer les protagonistes de cette affaire au bureau de Watson B. Petticott, à onze heures ?

– Omar Ahmed compris ?

– Bien entendu.

CHAPITRE XXIX

Pour Watson B. Petticott, c'était le jour de gloire. Quand Higgins lui avait demandé s'il acceptait d'accueillir dans son bureau les protagonistes de l'affaire Watercombe, afin d'organiser une confrontation générale, le sosie de Sherlock Holmes n'avait pas hésité une seule seconde. Enfin, il allait être aux premières loges et verrait comment Higgins s'y prenait pour identifier un assassin ! Son rêve le plus intime se réalisait.

En tant qu'enquêteur financier de la Banque d'Angleterre, chargé d'étudier la gestion de la banque Ryadis-Aoussidant, Watson B. Petticott était admis comme auditeur privilégié et trônait dans son fauteuil habituel.

À la demande de Higgins, il avait fait disposer en cercle sept chaises Renaissance italienne à haut dossier.

Lorsque les sept suspects furent dans l'antichambre, Scott Marlow les fit entrer dans le bureau de Petticott.

Omar Ahmed protesta aussitôt.

– Je ne reste pas, superintendant ; ce nouvel interrogatoire est inutile. Je compte émettre une vigoureuse protestation contre vos méthodes.

– Il s'agit d'une reconstitution criminelle, monsieur Ahmed, et votre présence est indispensable. Dois-je utiliser des formes plus coercitives ?

– Aurez-vous l'obligeance de vous asseoir sur cette chaise ? pria Higgins, convivial.

Tendu et nerveux, Omar Ahmed accepta ; à sa gauche, l'ex-inspecteur-chef plaça Oliver Gunnersbury puis, dans le sens des aiguilles d'une montre, Paul Kneller, Jane Richmond-Lambeth, Sir Sigismond Latersheep, Cassandra Tyndal. Demeura une chaise vide, entre la jeune femme et Omar Ahmed.

– Qui attendons-nous ? demanda le financier, agressif.

– M. Gilbert Pancras ne viendra pas, mais nous nous passerons de lui.

– Une fois de plus, déplora Sir Sigismond Latersheep, un assassin échappe à la police ; le meurtre de mon ami David demeurera impuni.

Higgins, mains croisées derrière le dos, fit lentement le tour extérieur du cercle.

– Nous avons appris, non sans surprise et indignation, qu'une banque de la City avait accepté de gérer les finances d'un terroriste notoire ; si Jane Richmond-Lambeth et Sir Sigismond, contactés par Pancras, ont eu peur de lui et refusèrent de placer son argent, ce ne fut pas le cas d'Oliver Gunnersbury.

– Holà, inspecteur ! J'avais des ordres.

– Heureux de vous l'entendre dire, monsieur Gunnersbury ; mais vous serez quand même inculpé pour dissimulation de malfaiteur et trafic de capitaux illicites.

– Le grand patron, protesta le directeur de la banque Ryadis-Aoussidant, c'est Omar Ahmed !

– Scotland Yard en est conscient ; en tant que propriétaire de la banque, M. Ahmed a financé les activités terroristes de Pancras et sera poursuivi pour association de malfaiteurs et malversations financières.

Cassandra Tyndal sourit, Omar Ahmed se leva.

– Vous n'oserez pas...

– Comptez sur le Yard et sur la Banque d'Angleterre pour faire correctement leur travail, promit Higgins, et asseyez-vous. L'ennui, avec les services secrets, c'est qu'ils n'ont aucune parole ; et je peux vous informer, monsieur Ahmed, qu'ils ne vous seront plus d'aucun secours. Demeure une question fondamentale : Pancras a-t-il tué Lord David Watercombe ?

– C'est évident ! affirma Sir Sigismond Latersheep.

– Justement pas, objecta Higgins ; pourquoi aurait-il commis cet assassinat, sinon pour qu'on ne découvre pas son compte à la banque Ryadis-Aoussidant et ses placements ? Or, il se savait protégé, non seulement par Omar Ahmed, mais par nos propres services secrets qui lui avaient permis de faire fructifier son argent dans la City. Pour lui, Lord David Watercombe ne représentait aucun danger ; pourtant, lorsque je lui ai demandé s'il était l'assassin, il a répondu : « ni oui, ni non ».

– Qu'est-ce que ça signifie ? demanda Jane Richmond-Lambeth.

Higgins s'immobilisa derrière la jeune femme aux cheveux auburn.

– Vous êtes une professionnelle brillante, madame, mais votre vie sentimentale a subi bien des soubresauts ; après l'échec de votre mariage avec Sir Sigismond, vous n'avez guère connu le bonheur avec M. Ahmed.

– Est-il besoin de parler de ma vie privée ?

– J'aimerais vous apprendre que votre rivale, Cassandra Tyndal, ne l'était pas.

– Je l'ai vue chez Omar Ahmed !

– Certes, mais elle est sa fille, et non sa maîtresse ;

votre ex-mari était d'ailleurs au courant et il aurait pu vous épargner les tourments de la jalousie.

Sir Sigismond se détourna, afin d'éviter le regard de son ex-femme.

– Ces complications affectives n'ont pas asséché vos ambitions professionnelles, poursuivit Higgins ; par appât du gain, vous avez commis un certain nombre de faux pas qui vous vaudront des poursuites pénales.

Encore sous le choc des révélations de l'ex-inspecteur-chef, Jane Richmond-Lambeth ne réagit pas.

– Un homme s'opposait à votre marche en avant : Lord David Watercombe.

– Je l'admirais, inspecteur !

– Certes, mais il a refusé votre admission au club Goldfare et vous empêchait ainsi de progresser.

– Était-ce une raison suffisante pour l'assassiner ?

– En ce qui vous concerne, non ; il vous faudra pourtant payer vos imprudences et éviter, dans l'avenir, de vous lier avec des hommes comme Oliver Gunnersbury.

Jane Richmond-Lambeth rabattit ses cheveux auburn sur ses yeux, comme si elle se retirait d'un monde devenu trop hostile.

Higgins fit quelques pas et se plaça derrière Sir Sigismond Latersheep.

– Honnête ou malhonnête ? Voilà la question que je me suis sans cesse posée à votre sujet.

– Inspecteur ! Je ne vous permets pas !

– La réponse doit être nuancée. Vous êtes bon vivant, rusé, un peu menteur, mais vous m'avez aidé en distillant de précieuses informations. À force de jouer avec autrui, vous risquez cependant de finir tristement vos jours, loin des êtres chers que vous aurez déçus. Malgré votre expérience, vous êtes tombé dans le piège que tendait Omar Ahmed ; ce grand ami, le partenaire de vos soirées mondaines, n'éprouvait pour vous que haine et mépris.

– Je l'ai compris un peu tard ; par bonheur, le ridicule ne tue plus.

– L'enquête de Paul Kneller ne vous incrimine pas ; vous n'étiez pas mêlé au scandale financier de la banque Ryadis-Aoussidant et n'aviez donc rien à craindre des foudres de Lord David Watercombe. C'est pourquoi les accusations de M. Gunnersbury, vous désignant comme le cerveau d'un complot criminel, n'ont aucun sens.

– Ce pauvre Gunnersbury est un brin mythomane.

– Il reste que votre conduite déplaisait fort au gouverneur de la Banque d'Angleterre et qu'il avait envisagé de vous exclure du club Goldfare.

– Une simple plaisanterie entre vieux camarades.

– Ne désiriez-vous pas prendre sa place à la tête du club ?

– Une erreur de plus à porter à mon débit.

Higgins passa derrière Jane Richmond-Lambeth et Paul Kneller, et s'arrêta à la hauteur d'Oliver Gunnersbury.

– Vous auriez aimé que Sir Sigismond fût arrêté, monsieur Gunnersbury ; mais il n'est coupable que d'un comportement quelque peu cruel à l'égard de son ex-femme.

– Si vous le dites...

– En tant que directeur d'une banque aux activités illicites, vous serez lourdement condamné.

– C'est injuste... Par mon travail, je lui ai fait gagner des millions de livres sterling !

– En oubliant la loi.

– Il y en a d'autres qui l'oublient et ne se font pas prendre.

– En ce qui vous concerne, le problème ne se pose plus ; parfois, l'amour immodéré de l'argent conduit en prison.

Oliver Gunnersbury fit grincer sa chaise d'époque.

– C'est injuste, complètement injuste... On m'a demandé de faire des profits et j'en ai fait.

– Comme Omar Ahmed, vous serez condamné pour complicité avec Pancras.

– Un vrai banquier ne refuse pas un compte aussi énorme, inspecteur !

– Votre position ne vous a-t-elle pas tourné la tête ?

– J'ai lutté pour l'obtenir et personne ne me l'enlèvera.

– Vous perdez tout, monsieur Gunnersbury, et personne ne vous plaindra ; mais êtes-vous aussi un criminel ?

– Non, bien sûr que non !

– Lord David Watercombe n'était-il pas votre pire ennemi ?

– Mais je n'en savais rien ! D'abord, j'ignorais qu'il me soupçonnait ; ensuite, j'étais persuadé d'être dans mon bon droit.

– Ne briguiez-vous pas la présidence du club Goldfare ?

– Et pourquoi pas ?

– Vous êtes ridicule, lança Sir Sigismond ; votre ascension sociale et financière vous a rendu fou. Il eût mieux valu pour vous demeurer un petit comptable.

– Mais cette folie n'était pas criminelle, ajouta Higgins ; malade de l'argent, avide au point d'en devenir imprudent, Oliver Gunnersbury n'a pas assassiné le gouverneur de la Banque d'Angleterre, tout simplement parce qu'il n'avait pas de mobile, comme il l'a précisé lui-même. Sinon, il n'aurait pas hésité.

Higgins n'eut que quelques pas à faire pour se placer derrière Omar Ahmed, visiblement mal à l'aise.

– M. Gunnersbury n'était que votre employé, monsieur Ahmed, et vous ne pourrez pas éluder vos diverses responsabilités. Cette fois, votre habileté et votre sens des manœuvres occultes ne suffiront pas à vous éviter une condamnation.

– Mes avocats trouveront la parade.

– Étant donné que vous êtes à présent isolé, leur tâche s'annonce très ardue ; le fiel dont vous vous nourrissez vous aura conduit à votre propre destruction. À force de penser que le monde n'est composé que de créatures inférieures, vous avez oublié que la malhonnêteté est parfois châtiée. Ce que Paul Kneller n'a pas encore réussi à prouver, M. Petticott le démontrera.

Inquiet, le financier se retourna.

– À quoi faites-vous allusion ?

– Aux emprunts que vous comptiez ne pas rembourser en mettant votre propre banque en faillite.

Oliver Gunnersbury se leva, poings serrés.

– Ordure ! Je vais te massacrer...

Scott Marlow, d'une poigne de fer, obligea le directeur de la banque à se rasseoir.

– Encore une réaction comme celle-là, et je vous passe les menottes.

Gunnersbury se calma, Omar Ahmed se tassa sur lui-même.

– Vous détestiez le gouverneur de la Banque d'Angleterre, rappela Higgins ; vous le jugiez stupide et dépassé, vous vous êtes réjoui de sa mort et vous aviez même proféré des menaces en annonçant que vous « feriez payer le prix fort à ce vieil imbécile de Lord qui croyait régenter la City ». Pourquoi ? Parce qu'il refusait de vous admettre comme membre à part entière de l'establishment financier britannique.

– Des calomnies.

– Vous savez fort bien que non, monsieur Ahmed ; ne croyez-vous pas qu'il serait temps d'avouer que vous avez assassiné Lord David Watercombe ?

– Ce n'est pas moi ! Vous aurez beau me persécuter, je ne l'avouerai jamais !

À la surprise de Marlow, Higgins n'insista pas, passa derrière la chaise vide et se plaça derrière la somptueuse Cassandra Tyndal, réjouie des malheurs qui s'abattaient sur son père indigne.

CHAPITRE XXX

– Et si nous en venions à l'assassinat lui-même, aux mobiles et à la manière dont il a été commis ?

Très maîtresse d'elle-même, la belle Orientale ne se retourna pas.

– Vous êtes intelligente, volontaire, mademoiselle, et vous possédez une très forte personnalité ; bien des pères eussent été heureux d'avoir mis au monde une fille comme vous. Malheureusement, ce n'était pas le cas d'Omar Ahmed qui déteste les femmes, toutes les femmes, y compris sa propre fille. D'autres se seraient résignées, pas vous ; vous avez décidé de le défier et de le vaincre, par n'importe quel moyen.

– Suis-je coupable, s'il m'a rejetée ?

– Un seul acte vous rebutait : tuer votre père. Vous avez reculé devant ce crime, que vous aviez pourtant tellement envie de commettre, et c'est l'une des causes de la mort de Lord David Watercombe.

Scott Marlow perdit pied ; sur quel chemin tortueux s'engageait Higgins ?

– Vous êtes bien obscur, estima Cassandra Tyndal.

– N'avez-vous pas affirmé, mademoiselle, que vous vouliez détruire le monde de l'argent ?

L'Orientale se tourna vers l'ex-inspecteur-chef.

Les yeux noirs, mobiles et profonds, scrutèrent Higgins et lui transmirent un message qu'il déchiffra sans peine : « n'allez pas plus loin ». Elle jetait son énergie et sa magie dans le combat muet qu'elle menait contre l'ex-inspecteur-chef, afin de l'hypnotiser et de le priver de ses facultés de raisonnement.

Face à un jeune enquêteur, elle aurait sans doute réussi ; mais Higgins, sans se crisper, laissa passer l'orage et, tel un chat, fit un bond mental de côté afin d'échapper à l'emprise de la jeune Orientale.

Cassandra Tyndal comprit qu'elle avait échoué ; soudain, elle parut un peu moins sûre d'elle-même.

– Détruire le monde de l'argent... C'est une expression comme une autre.

– Pas dans votre bouche.

– Êtes-vous toujours aussi pointilleux ?

– Lorsqu'il s'agit d'un crime, oui.

– Le triste sort de votre vieux Lord m'indiffère, faut-il vous le rappeler ?

– Je ne vous crois pas, mademoiselle ; son « triste sort » vous concerne au premier chef. Qui faisait partie de ce « monde de l'argent » que vous vouliez détruire ? Votre père, bien sûr, mais une ultime fibre affective vous empêchait d'attenter à ses jours. Ensuite, l'homme le plus représentatif de ce monde, dans ce pays où vous avez décidé de vivre : le gouverneur de la Banque d'Angleterre. Il n'existait pas de meilleur symbole à briser, d'autant plus que vous aviez la certitude qu'il avait aidé votre père à s'installer au Royaume-Uni ; qui d'autre que Lord David Watercombe avait autorisé Omar Ahmed à acquérir la banque Ryadis-Aoussidant, qui d'autre lui avait promis de lui ouvrir les portes du club Goldfare, qui d'autre lui apportait son concours afin de l'enrichir davantage ?

Marlow était abasourdi ; ainsi, l'intègre Lord David

Watercombe était complice d'Omar Ahmed ! Mais Higgins le détrompa aussitôt.

– Cela, c'était le discours de votre père, mademoiselle, afin de vous éclabousser de sa puissance croissante et de vous prouver que même en Angleterre, il serait le plus fort. Hélas, vous comme tant d'autres, avez cédé à son pouvoir de persuasion. Tout cela était faux, mademoiselle ; Lord David Watercombe n'était pas un ami de votre père, mais allait devenir son impitoyable censeur.

Le regard de Higgins transperça l'âme d'Omar Ahmed.

– En mentant à votre fille, monsieur Ahmed, vous l'avez consciemment conditionnée pour orienter sa fureur vengeresse vers le gouverneur de la Banque d'Angleterre, faire d'elle une criminelle et vous débarrasser ainsi d'un adversaire redoutable.

– Je ne connaissais pas ce vieux Lord ! protesta Cassandra Tyndal.

– Mais si, mademoiselle ; c'est vous-même qui m'avez appris que vous l'aviez rencontré lors d'une réception et que vous auriez aimé avoir un père comme lui.

Une expression de terreur s'inscrivit dans les yeux noirs de l'Orientale ; Higgins eut la certitude que, pour la première fois, elle prenait conscience de la gravité de ses actes.

– C'est absurde, estima Omar Ahmed ; Cassandra est une jeune femme inoffensive, et elle n'avait aucun moyen d'assassiner le gouverneur de la Banque d'Angleterre !

Le ton de Higgins fut glacial.

– Nous allons y venir, monsieur Ahmed ; j'espère que vous serez condamné pour crime avec préméditation, bien que vous vous soyez soigneusement tenu à l'écart du geste fatal.

Le financier se mura dans le silence ; tous étaient

suspendus aux lèvres de Higgins qui s'éloigna de Cassandra Tyndal et vint se placer derrière Paul Kneller.

– Que pensez-vous de ma reconstitution des faits, monsieur Kneller ?

Très digne dans son costume sombre à rayures, l'inspecteur de la Banque centrale parut surpris par la question.

– Ce que j'en pense... Mais ce n'est pas mon rôle...

– Chacun loue vos compétences, votre rigueur et votre intégrité, monsieur Kneller ; vos succès plaident d'ailleurs pour vous. Certes, vous n'attirez guère la sympathie et l'on vous considère même comme impitoyable, mais nul ne nie votre efficacité.

– Merci, inspecteur.

– Cela, c'est votre image officielle.

– Officielle... Je ne comprends pas.

– Vous n'êtes pas un homme froid et raisonnable, monsieur Kneller, mais un passionné qui se contrôle de son mieux et réfrène ses pulsions afin, comme vous l'avez dit vous-même, de ne pas devenir un animal.

– Oui, c'est logique... Ce devrait être l'idéal de tout un chacun.

– Jusqu'au moment où l'on rencontre une femme qui anéantit en quelques instants ces belles dispositions ; regardez Mlle Tyndal, je vous prie.

– Mais... pourquoi ?

– D'après vos déclarations, vous n'avez eu aucun contact avec Mlle Tyndal ; les siennes corroborent les vôtres. Donc, vous ne vous êtes jamais rencontrés. Cet échange de vues permet de combler cette lacune ; regardez cette très belle jeune femme, monsieur Kneller.

– Mais ce serait... indécent !

– On jurerait que vous n'osez pas admirer quelqu'un que vous connaissez bien, de peur que votre regard ne vous trahisse.

– Non, vous vous trompez !

– Vous êtes amoureux de Cassandra Tyndal.

– Votre imagination vous égare, inspecteur !

– Quelqu'un couvre Mlle Tyndal de cadeaux magnifiques ; parmi eux un bijou provenant de chez Leighton, dans Burlington Arcade : autrement dit, l'endroit où vous habitez. Ce mystérieux admirateur, c'est vous, monsieur Kneller.

– Je...

L'enquêteur de la Banque centrale avait le souffle coupé.

– Faut-il vous confronter aux vendeurs de chez Leighton et au fleuriste le plus proche de chez vous ?

Ni Paul Kneller ni Cassandra Tyndal ne protestèrent ; ils se contentèrent de se regarder comme deux jeunes amants pris en faute et se réfugiant dans leur monde.

– Ce n'est pas seulement l'amour qui vous a rapprochés, précisa Higgins, à supposer que Cassandra Tyndal ait jamais éprouvé pareil sentiment ; vous partagiez la même haine à l'égard de Lord David Watercombe. Nous connaissons les motivations de Mlle Tyndal ; celles de M. Kneller n'étaient pas moins puissantes. Contrairement à certaines apparences, M. Kneller n'est pas un petit fonctionnaire cantonné dans un rôle obscur ; Lord David Watercombe l'avait d'ailleurs compris, en l'invitant à devenir membre du club Goldfare. Il commit alors une grave erreur, en introduisant le loup dans la bergerie ; contrairement à ce que pensait Sir Sigismond, Paul Kneller ne se considérait pas comme un simple faire-valoir, lors de l'élection du président du club ; l'ambition était née, et il avait bien l'intention de devenir l'un des patrons occultes de la City. Prétention irraisonnée, direz-vous ? Pas selon M. Kneller, puisqu'il allait devenir célèbre en dénonçant le scandale de la banque Ryadis-Aoussidant, en écrasant au passage ceux qui le méprisaient, tel Omar Ahmed. Quand nous avons conversé, à l'intérieur de Sainte-Hélène la Grande, Paul Kneller rêvait de ressembler aux grands hommes de la City dont il admirait les tombeaux. L'une qui voulait supprimer le symbole de la finance britannique pour atteindre son père, l'autre qui espérait se débarrasser d'un monstre sacré de la City pour prendre sa place.

– C'est invraisemblable, jugea Sir Sigismond ; quels que fussent les pulsions destructrices de Kneller, jamais il n'aurait mis en œuvre ses projets criminels !

– Il fallait un détonateur, admit Higgins ; cette arme, Mlle Tyndal la possédait et elle l'a utilisée, jouant de la naïveté de son chevalier servant.

– Quelle arme ? s'inquiéta Paul Kneller.

– « Je suis aimée d'un homme redoutable et intouchable », a déclaré Mlle Tyndal à Sir Sigismond ; savez-vous de qui il s'agissait, monsieur Kneller ?

– Cassandra n'aimait que moi ! Nous devions nous marier.

– Je crains de devoir détruire vos illusions ; Mlle Tyndal était la maîtresse du terroriste Gilbert Pancras.

– C'est une infamie !

– Non, une réalité.

– Cassandra, supplia Paul Kneller, dis-lui que c'est faux !

La jeune femme resta muette, indifférente à la souffrance de son soupirant.

– Omar Ahmed connaissait la liaison de sa fille, poursuivit Higgins ; sans doute a-t-il donné l'ordre à son ami Pancras de la séduire pour la transformer en criminelle. Lorsqu'elle a décidé de mettre son projet à exécution, le terroriste lui a procuré le poison provenant d'Amérique du Sud qui servirait à foudroyer Lord David Watercombe. Paul Kneller, qui connaissait bien les habitudes du gouverneur de la Banque d'Angleterre, a substitué le sucre mortel à celui qu'il utilisait d'ordinaire à l'heure du thé. Pour obtenir les faveurs de celle dont il était tombé éperdument amoureux, il était prêt à commettre n'importe quelle folie, surtout lorsqu'il imaginait faire progresser ainsi sa carrière.

– Je ne voulais pas le tuer, déclara piteusement Paul Kneller, je ne savais pas ce que je faisais, je...

– Quand cesserez-vous de jouer ce personnage pitoyable qui vous sied plutôt mal ?

Paul Kneller cessa de geindre et regarda fixement Higgins en se retournant.

– M'accuseriez-vous d'être un comédien ?

– Non, je pense que vous étiez sincèrement épris de Mlle Tyndal ; mais vous aviez élaboré votre propre plan avant de la connaître.

– Lequel, inspecteur ?

La voix grave était de nouveau posée.

– Ce que vous avez découvert pendant votre enquête sur la banque Ryadis-Aoussidant vous a écœuré, n'est-il pas vrai ?

– En effet.

– D'enquêteur, vous avez voulu devenir justicier. Persuadé que les coupables ne seraient punis que par des peines légères, vous avez décidé de supprimer le vieux Lord, en fin de carrière, certain que Gunnersbury, Omar Ahmed et Jane Richmond-Lambeth seraient accusés de meurtre et lourdement condamnés. Vous m'avez offert une sorte d'aveu en déclarant : « Parfois, je pense que je suis responsable de sa mort, à cause de cette maudite enquête. »

– Une sorte d'aveu... Vous avez raison.

– Quant au fameux dossier qui contenait les preuves des malversations, c'est vous-même qui l'avez détruit, après l'avoir repris dans le bureau de Lord David Watercombe qui venait de mourir empoisonné. Les soupçons ne pouvaient se porter que sur les trois suspects qui avaient intérêt à voir disparaître les éléments accumulés contre eux mais dont vous, monsieur Kneller, pouviez néanmoins parler. Vous mettiez le Yard sur leur piste, passant ainsi pour un fidèle auxiliaire de la police. Pauvre Lord David... Il n'avait vraiment aucune chance d'échapper au destin qui le guettait. D'un côté Omar Ahmed voulait le supprimer, en utilisant les services de Pancras, en manipulant sa fille et en croyant manipuler Paul Kneller ; de l'autre, ce dernier avait pris la même option sinistre et fut heureux d'obtenir, grâce à Cassandra Tyndal, une parfaite arme du crime. Vous vous êtes plus ou moins bernés les uns les autres, mais Omar Ahmed, Cassandra Tyndal et Paul Kneller, possédez tous trois une âme d'assassin et n'avez pas hésité à vous comporter comme tel.

– Félicitations, inspecteur, déclara Omar Ahmed, et merci de vos explications ; le Yard est moins stupide que je ne l'aurais cru.

– Puisque mon père est déchu, marmonna Cassandra Tyndal, butée, j'ai atteint mon but.

– J'espère que vous comprendrez mon point de vue, avança Paul Kneller.

– Non, répondit Higgins ; je n'admets jamais le point de vue d'un assassin. Puisque la vérité est établie, puisse l'âme de Lord David Watercombe reposer en paix.

Seul Sir Sigismond Latersheep fut autorisé à sortir, libre, du bureau de Watson B. Petticott ; les autres protagonistes du drame auraient tous à répondre de leurs actes devant un tribunal.

ÉPILOGUE

Watson B. Petticott avait vécu la matinée la plus exaltante de son existence ; pendant un trop court laps de temps, il avait cessé d'être une tête pensante de la Banque d'Angleterre pour participer, aux côtés de Higgins, à une enquête criminelle qui ferait date dans l'histoire de la City.

Pour fêter le succès que l'ex-inspecteur-chef ferait officiellement attribuer à Scott Marlow, afin de conforter la carrière du superintendant, Watson B. Petticott les avait invités à dîner dans un salon privé du Ritz.

– La mémoire de Lord David Watercombe sera honorée lors d'une bonne dizaine de cérémonies officielles, révéla le financier. Ce que redoutaient les milieux financiers, c'était son éventuelle culpabilité... Un suicide eût été désastreux pour le cours des valeurs. Un meurtre fait un peu désordre, mais il en fait un martyr de la Banque d'Angleterre. Elle déposera un dossier pour qu'il soit enseveli à Sainte-Hélène la Grande, auprès de ses glorieux ancêtres. Mais dis-moi Higgins... Tu étais sûr de toi ?

– Dans la reconstitution d'un crime, il y a toujours un ou deux passages difficiles.

– Vous n'imaginez pas la quantité de paperasses qu'il va falloir remplir, précisa Marlow ; dans un procès comme celui-là, les avocats s'en donneront à cœur joie !

– Quelles que soient les peines prononcées, assura Watson B. Petticott, la carrière des accusés est terminée ; aucune place financière au monde ne leur pardonnera leurs actes, plus exactement leur échec.

– Vous vivez dans un monde impitoyable, remarqua Scott Marlow.

– L'argent rend fou, je ne le nie pas, mais les hommes ne sont jamais à court d'inventions diaboliques ; vous êtes bien placé pour le savoir.

Higgins avait hâte de quitter la capitale pour retrouver son paisible domaine, loin de l'agitation et du bruit de la City, converser avec Trafalgar au coin du feu, s'occuper de la croissance de Nil Bleu et se promener dans la forêt, sur les traces d'un vieux sanglier solitaire qui vivait en harmonie avec les forces sacrées et mystérieuses de la vie.

Le maître d'hôtel se pencha vers Scott Marlow et lui murmura quelques mots à l'oreille.

– Veuillez m'excuser, messieurs ; un appel urgent de Scotland Yard.

Inquiet, Scott Marlow quitta la table.

– Un rebondissement inattendu ? s'enquit Watson B. Petticott.

Higgins demeura énigmatique.

– Et si Sir Sigismond Latersheep était complice ?

Watson B. Petticott espérait un rebondissement qui contraindrait Higgins à reprendre l'enquête et à organiser une nouvelle reconstitution dans son bureau ; mais l'ex-inspecteur-chef ne lui prodigua aucun encouragement en ce sens.

Lorsque Scott Marlow réapparut, il parut troublé.

– Un fait nouveau ? demanda Watson B. Petticott, émoustillé.

– La conclusion de cette affaire et la première sentence exécutée, révéla le superintendant ; l'avion privé que pilotait Pancras s'est écrasé en cours de route. Le terroriste a été tué.

– Le champagne est excellent, déclara Higgins.

– N'aviez-vous pas parlé de magie ?

– Ce serait surprenant, mon cher Marlow ; à notre époque, qui croit encore à ces vieilles superstitions ?

CET OUVRAGE A ÉTÉ REPRODUIT
ET ACHEVÉ D'IMPRIMER SUR ROTO-PAGE
PAR L'IMPRIMERIE FLOCH À MAYENNE
EN OCTOBRE 1994

Éditions du Rocher
28, rue Comte-Félix-Gastaldi
Monaco

Dépôt légal : octobre 1994.
N° d'édition : CNE section commerce et industrie
Monaco : 19023.
N° d'impression : 36552.

Imprimé en France